ボディソープの甘い香りが広がっている。
「ほら、もっと舌出して」

illustration by CHIHARU NARA

蜜言《みつごと》弄《いじ》め～小説家《しょうせつか》と漫画家《まんがか》に言葉《ことば》責《ぜ》めされています～

西野 花
HANA NISHINO
イラスト
奈良千春
CHIHARU NARA

Lovers Label

CONTENTS

蜜言弄め～小説家と漫画家に言葉責めされています～ 3
あとがき 191

「こちらにサインをお願いします。――はい、確かに。では、どうもありがとうございました！」

「ご苦労様です」

引っ越し業者がぞろぞろと帰ってゆく。雛月安岐《ひなづきあき》はそれを見送ってから、部屋の中に積まれたダンボールを見上げて大きくため息をついた。

「さて」

今日のうちに、片付けられるものは片付けてしまおう。安岐は荷物が多いほうではないが、それでも生活の拠点《きょてん》を丸々移すとなればそれなりの物量にはなる。まずはすぐに必要になるものからと、キッチン用品や着替えなどが入ったダンボールを開ける。設置してもらった大型の家具にそれらを詰《つ》めていくと、もう夜になっていた。

「今日はこんなところかな」

一人で住むには広い２ＬＤＫの部屋をぐるりと見渡す。以前の住人はこの部屋を大事に使っていたらしく、状態はよかった。

（俺にはもったいないような部屋だけど、引っ越せてよかった。伯母《おば》さんには感謝しないと）

この部屋は三ヶ月前に病死した母の姉にあたる人が住んでいた部屋だった。伯母はいわゆる独身貴族で、絵本作家を生業《なりわい》としており、安岐のことをよく可愛がってくれた。その自由な暮らしぶりに、安岐は密《ひそ》かに憧《あこが》れを抱いていたものだ。彼女がこの部屋を安岐に残してくれたと聞いた時は驚《おどろ》いたが、きっと伯母は安岐の事情をくんでくれていたのだろう。以前、彼女に少し愚痴《ぐち》ったことがある。

安岐は以前からストーカーに付き纏《まと》われていた。

相手は、安岐が勤める会社近くのコンビニの店員だった。どういう理由で気にいられたのかは知らないが、最初は会社から出てくるところを待ち伏《ぶ》せられ、ひどく驚いたのを覚えている。安岐は小作りで整った顔立ちをしており、清楚《せいそ》だけど妙《みょう》な色気《いろけ》があると言われたことがある。男で清楚ってどういう意味だ、とは思ったが、なんでも危うい感じがするらしい。同性からアプローチを受けたのも、実はこれが初めてではない。安岐は自身にそういった性的指向がなかったので、これまで同性とつきあうという選択《せんたく》をしてこなかったが。

相手は一見するとおとなしそうな印象なのに、こちらの意志をまったく無視して距離を詰《つ》めてこようとした。そんな気はないときっぱり断ったにもかかわらず、こちらの話をまったく聞こうとはしない。困ったものだった。

そんな時、安岐は同じ東京都内の別の支社に異動することになった。それに伴い引っ越しをしてしまえば、男から逃げられるに違いない。そう思った安岐はこのマンションに移ってきたのだ。かなりグレードの高いマンションで、一介《いっかい》の会社員である自分には不釣《ふつ》り合いのように思えるが、セキュリティがしっかりしているのが今の安岐には何よりありがたい。

「よっ…と」

重量のあるダンボールを抱えて、本棚《ほんだな》の前に移動する。箱を開けると、そこには小説や漫画がぎっしりと詰まっていた。

安岐はジャンルを問わず本が好きなのだ。子供の頃少し身体が弱かったこともあって、家の中で本ばかり読んで過ごしていた。

小学校高学年にもなると背伸びをして純文学に手を出し、難しい言葉は辞書を引いて読みふけった。

中学に上がると、今度は漫画を読むようになる。動きのある絵とわくわくするようなストーリーに魅《み》せられ、漫画雑誌を楽しみに買うようになった。

中でも特に気にいっているのが、柏木大和《かしわぎやまと》という漫画家の作品だった。大胆《だいたん》かつ緻密《ちみつ》な作画と緩急《かんきゅう》のある内容はたちまち安岐を夢中にさせ、彼の作品はすべて集めている。そして。

――ピンポン、と部屋のチャイムが鳴った。これはオートロック前ではなく、玄関前のチャイムの音だ。安岐は本棚の前から廊下《ろうか》を通って玄関前に来た。ドアを開けると、そこには長身の男が立っていた。

「よ」

「大和さん」

そこにいたのは、まさしく今、飛ぶ鳥を落とす勢いの漫画家・柏木大和だった。

「今日、引っ越しだって聞いてさ、なんか手伝うことねえかと思って。あとこれ差し入れ。飯の準備とかすんの面倒くせえだろ？」

そう言って、大きめのレジ袋を渡される。中をのぞくと、高そうなデリの惣菜《そうざい》やパンなどがぎっしりと入っていた。

「うわ、ありがとうございます……。でも手伝いとかは大丈夫ですよ。忙《いそが》しいでしょうし」

「大丈夫大丈夫、俺、筆《ふで》速いから」

柏木はもともとこのマンションの住人だった。昔から柏木のファンだった安岐が、どうして彼とこんな会話をしているのかは今でも信じられない。

「頼子《よりこ》さんにも、安岐のことよろしく頼むって言われてるしさ」

「……すみません」

安岐の亡くなった伯母は、柏木と交流があったそうだ。物書き同士で気が合ったのかもしれない。

伯母は同年の女性と比べると少し風変わりなところがあったので、息子のような年齢の男性と気の置けない付き合いをしていたのだろう。頼子のところに遊びに来ていた時、彼女から柏木を紹介された時はそれは驚いたものだった。

柏木は普通に芸能人だと言われても遜色《そんしょく》のない整った顔立ちをしている。年齢は安岐より六歳上の三十歳だと聞いていた。いわゆるイケメンというのが一番しっくりくる印象だ。身体も鍛《きた》えているらしく、どこからどう見ても陽キャの部類に思えるのに、こういう仕事をしているのが意外に見えると言ったら失礼にあたるだろうか。

以前、それとなくそう伝えたことがあるが、彼は『よく言われる』と笑っていた。『けど俺、結構フェチなところもあるよ』とも。

くせっ毛の毛先が頭の上であちこち跳《は》ねていて、それが彼の陽気《ようき》な雰囲気《ふんいき》をいっそう際立《きわだ》たせていた。

「じゃあ、あがってください」

「ありがと。それで、安岐さあ、神原一弥《かんばらいちや》の本も読んでるって言ってなかったっけ」

「あ、はい、好きです」

神原一弥は小説家であり、ここ数年で特に名の売れた作家だ。去年は直木賞も受賞して、作品の映画化も決まっている。

「今、連れてきてるんだけど」

「え？」

柏木の言っていることがよくわからず、首を傾《かし》げると、ドアの陰《かげ》からこれまた長身の男がひょいと姿を現した。

「あ、おい、まだ出てくんなよ」

「もったいぶることないだろう。初めまして。神原一弥です」

「……は？　え？」

起きたことが理解できず、安岐はただ疑問符《ぎもんふ》を口に出すばかりだった。

「――そうだったんですか。知りませんでした」

「俺も頼子さんにはよくしてもらってたよ。仕事の忙しい時なんかは、ちゃんと食べないと駄《だ》目《め》だって差し入れしてもらったりね。こいつからも雛月君のことはよく聞かされていたし」

神原もまた、このマンションの住人らしい。頼子が住んでいた安岐の部屋は五階で、柏木は六階、神原はその上の七階に住んでいる。

神原は柏木とはまた印象の違う男だったが、やはり男ぶりがいいことは同じだった。柏木とは同い年らしいが、彼とは反対に少し長めの髪をゆるく流していて、話し方もどこか紳士的《しんしてき》で泰然《たいぜん》としている。この人が神原一弥なんだと改めて思うと、今、普通に話していることがなんだか信じられなかった。

「おいおい、安岐、一弥のことばっか見てんなよ。わかりやすいなあ」

YOUNG B

「えっ…、あ、そんなことないですよ。だって、突然連れてくるからびっくりして……」

頼子に紹介されたのは柏木だけだったので、安岐は神原もこのマンションに住んでいるなんてまるで知らなかった。

「ま、それもそうか。びっくりさせてやろうと思ったのは俺だしな」

「二人はお知り合いなんですか？」

「まあ、腐《くさ》れ縁《えん》かな。高校の時からの同級生で、大学まで同じだったしね」

「それで、マンションまで同じなんですね」

「一弥が先にここに住んでたんだよ。俺がそれまで住んでたところが手狭《てぜま》になって、物件を探してた時にここが空いてるって教えられて、内覧《ないらん》して気にいったから越してきた」

そう言って笑い合う二人は、とても仲が良さそうに見えた。長い間、同じ時を過ごしてきたということは、相当馬が合わないと難しいだろう。

「仲がいいんですね」

うらやましい、という意味で安岐が言うと、彼らはちょっと顔を見合わせた。そんなところまでなんだか息が合っているように見える。

「まあ、こいつが一番気が合うしね」

神原が意味ありげに笑う。ほのかに見える色めいた笑みに、なんだかどきりとした。

「まあ、とにかくこれから同じところに住むわけだし、俺のこともよろしくしてくれると嬉《うれ》しいな」

「は、はい、もちろん！」

安岐に否やはない。憧れている二人と『ご近所づき合い』が出来るなんて光栄の至りだった。引っ越してきた理由は不運なものだったが、広い部屋と柏木と神原という存在を考えるとおつりが来るくらいだと思う。

（今度は楽しく暮らせそうだ）

安岐はそんなことを思って、明日からの生活に胸を躍《おど》らせた。

「雛月さん、これよかったらどうぞ」

同じ課の女子社員の北瀬《きたせ》が、昼休みに安岐のテーブルに可愛らしい包み紙の菓子を置いた。

「ああ、お土産《みやげ》？　ありがとう。楽しかった？」

「ええ、すごく。景色も綺麗《きれい》で、リラックスできました」

有給をとって旅行に行っていた北瀬は、にっこり笑って軽く頭を下げる。それから彼女は席に戻って、同僚《どうりょう》とおしゃべりを始めた。

「サコ、何読んでるの？　漫画？」

「うん、『クリミナルエデン』の新刊」

聞こえてきた会話に、安岐は思わずぎくりとした。それは柏木が描いている漫画のタイトルだった。

「それおもしろいの?」

「おもしろいよ、キャラもかっこいいし」

「サコさん意外とオタクですよね」

「いまどき漫画読んでるくらいでオタクなんて言わないでしょ」

別に何のことはない会話の内容なのに、知っている人物のことを話しているのだと思うと、なんだかどきどきする。自分はその本の作者と知り合いなのだ。そんなふうに自慢《じまん》したい気もちょっとあったが、それは彼の迷惑《めいわく》になるような気がしてやめた。

「そう言えばさ、週刊誌で読んだんだけど、その漫画の作者の人、前に女に刺《さ》されたことあるらしいよ」

「えっ、何それ」

「結構かっこいい人みたい。売れてる漫画家とかって、モテるんだろうねー」

「遊び人かあ。刺されるくらい恨《うら》み買ったらダメよね」

「そうそう、遊び人て言えばさ……」

そこで自分たちの彼氏の話題に移り、柏木のことを話すことはもうなかったが、安岐は今聞いた内容に目を見張っていた。何でもないように目線は手元のスマホに落としていたが、画面はほぼ認識していない。

（女に刺された――？）

穏《おだ》やかではない話だ。そんなことは頼子からも本人からも聞いたことはない。

（でも、当たり前か）

そんなこと、たいして深い仲でもない自分に気軽に話すことではない。だが、あの陽気な印象の柏木にそんなことがあったとは、少々意外だった。

（いや、だからか）

その刺したという女性とどんな関係にあったのかはわからないが、あの調子で親しくされ、たとえば裏切られるようなことがあった場合、そのショックは想像して余りあるものがある。

いったい何があったんだろう。

週刊誌の記事なんて本当かどうかもわからない。それで柏木の印象が悪くなるということはないが、刺す、という凶行《きょうこう》に及《およ》ぶまでの原因は何なのかは気になった。

「おーい、ミーティング始めるぞー」

昼休みは終わったらしい。おしゃべりに興じている女子社員達もそれぞれの持ち場に戻り、安岐も資料を持って立ち上がった。

引っ越したばかりの時は、家に帰るのが楽しい。新しい生活というものは、心が躍ってしまうものだ。

引っ越し当日に申し訳なくも柏木と神原が片付けを手伝ってくれたおかげで、未開封《みかいふう》のダンボールはもうほとんどない。頼もしい二カ所のセキュリティを抜けて部屋のドアを開けると、まだ殺風景《さっぷうけい》ながら自分の色に染まった部屋が出迎えてくれた。

今日は自炊をしようと思って駅前のスーパーに寄ったので、買い物袋をキッチンのテーブルの上に置く。するとカウンターの棚に置かれている電動ドライバーが目に入った。

(大和さんのだ)

昨日、棚の位置を調整する必要があったので、柏木が部屋から持ってきて貸してくれたのだ。うっかりそのまま返すのを忘れてしまっている。

安岐はスマホを取り出すと、柏木のＬＩＮＥにメッセージを送った。

『お仕事中でしたらすみません。電動ドライバーをお返ししたいので、これからお部屋に伺《うかが》ってもいいですか？』

既読《きどく》はすぐについた。それからすぐに返信が来る。

『いつでもよかったけど、今来ても大丈夫だよ』

『ありがとうございます。これから行きます』

安岐は急いで着替えると、ドライバーを持って非常階段を上る。一階上がるだけなのでそのほうが早い。彼の部屋は廊下の一番奥だ。玄関の前に立ち、チャイムを押す。ドアはすぐに開いた。

「こんばんは」

「わざわざ悪いな」

「いえ、とんでもないです。これ、ありがとうございました」

ドライバーを手渡し、安岐は、ではこれで、とドアを閉めようとする。すると柏木の手が伸びてきて、腕を掴《つか》まれた。思わず息を呑《の》む。

「待て待て。茶でもいれるから飲んでけよ」

「でも、お邪魔《じゃま》だし……」

「そんな気ィ遣わなくていいって。今日はもう忙しくねえから。俺ほとんど昼型なんだよ」

彼は安岐の手を掴んだまま、もう片方の手の親指で部屋の奥を指し示し、入れ、と言ってくる。

「じゃあ、少しだけ……」

お邪魔します、と言って、安岐は玄関で靴《くつ》を脱《ぬ》いだ。彼の部屋の間取りは安岐の部屋とほとんど変わりがなかった。だが置いてある家具やインテリアが違うと、まるで違う部屋に見える。

ヴィンテージのしゃれた小物が置いてある玄関と廊下を抜けると、モスグリーンとブルーを基調にしたリビングに迎《むか》えられた。

「うわ」

「適当に座ってくれ。コーヒーと紅茶どっちがいい？　緑茶もあるけど。それともビール？」

「あ、ええと、できたら紅茶を」

「ティーバッグのしかねえけど」

「ぜんぜん大丈夫です」

「オッケー」

頼子が紅茶好きだったので、あの部屋を訪ねた時は必ず紅茶が出てきた。だから安岐もなんとなく紅茶を嗜《たしな》むようになっていた。ほどなくして柏木は木のトレイを手にして現れた。透明《とうめい》なガラスのカップに入った紅茶が湯気《ゆげ》を立てている。

「どうぞ」

「いただきます」

口をつけると、ほのかな茶葉の甘みと共に香りがふわっと広がった。

「おいしいです、これ」

「そ？　頼子さんからもらったやつ」

「ああ、そうなんですか」

「あの人、紅茶好きだったよなー」

柏木は懐《なつ》かしそうな口調で言う。安岐もまた、伯母が逝《い》った悲しみから優しい思い出へと変わっていくところだった。それからしばらく頼子の思い出話をしていると、どこかの部屋で着信のメロディが鳴る。

「ごめん、ちょっと待ってて」

柏木はそう言って席を立つと、リビングから続くドアを開けて別の部屋へ入っていく。どうやら電話は仕事先からのようだった。彼がドアを閉めないで話していたために、部屋の中が見えてしまう。おそらくそこが柏木の仕事場なのだろう。

（あそこで漫画を描いてるんだ）

柏木はほどなくして電話を終え、戻ってきた。

「大丈夫なんですか」

「うん、ぜんぜん平気」

それから彼は何かを思いついたように言う。

「よかったら、俺の仕事場見る？」

「え、いいんですか」

「そんなに面白くないかもだけど」

「すごく興味あります」

柏木のあの魅惑的《みわくてき》な世界がどんな場所から生み出されるのか、一度見てみたかった。

「じゃあ、おいで」

手招《てまね》きされ、安岐はいそいそとついていく。部屋に入ると、壁際《かべぎわ》に大きな机《つくえ》とパソコン、二台のモニターが置いてあるのが見えた。電源は入っていて、モニターには彼の漫画のヒロインであるレナが剣《けん》を構えてポーズをとっているイラストが映し出されている。

「パソコンで描いてるんですか？」

「俺は今は完全デジタルだね」

今も原稿用紙とペンで描いている漫画家もいるが、最近の若手はほとんどデジタルに移行していると柏木は言った。安岐は興味深く頷《うなず》くと、壁に目を移す。片側の壁には窓があり、反対側には大きな本棚があった。資料や漫画などがたくさん並んでいる。だがその一角に、明らかに他とは違う本が詰まっていた。

なんというか、一冊一冊が薄い。それでいてこちらに見える背表紙が、いやにカラフルだった。

「ああ、それ？　俺が描いた同人誌《どうじんし》」

「ええと、コミフェとかで売るやつ……？」

以前、深夜番組で、日本最大の同人誌即売会《そくばいかい》、コミックフェスティバル、通称コミフェの取材をしたものを見たことがある。その時はこんな世界もあるのかと感心しただけだったが、柏木のようなプロの漫画家も参加しているとは知らなかった。

「けっこう多いぜ。俺なんか同人上がりだし」

「そうなんですか。どんなのを描いているんですか？」

安岐が尋ねると、柏木はちょっと笑って、首を傾ける。

「見ていいよ」

その表情がなんだか物言いたげで、安岐は少しためらったが、言われた通りに手を伸ばしてその中の一冊を抜き取る。

途端《とたん》に、扇情的《せんじょうてき》な表紙が目に飛び込んできた。

やたら豊満《ほうまん》な胸と尻《しり》の女の子が、何かの液体にまみれて卑猥《ひわい》なポーズをとっている。それは確かに柏木の絵で描かれていた。

「え、え…？」

それでもページをめくると、話が始まって数ページでセックスが始まる。修正は入ってはいるが過激《かげき》な性交シーンが繰《く》り広げられ、絵がうまいだけにやけに生々《なまなま》しく感じられた。

「これ、大和さんが、描いたんですか……？」

「そうだよ」

彼はまるで動じていないふうに見える。それどころか、安岐の反応をじっくりと観察しているようにも見えた。

「安岐達がいつも読んでいるのは仕事の俺。こっちは趣味の俺」

「これが趣味?」

「そう。ここには好きなことしか描いていない」

漫画の吹き出しには、卑猥な言葉ばかりが書きつらねてある。なんだか見てはいけないような気がして、それでも安岐はその本から目が離せなかった。顔がぼうっと熱くなってくる。

「気にいった?」

「……っ!」

ふいに耳元で囁《ささや》かれて、安岐は慌《あわ》てて本を閉じる。

「安岐も男の子だなあ」

「な、違っ……」

柏木は安岐を見てくすくすと笑った。

「やるよ、それ」

「え、でも…っ」

「安岐には俺のこういうとこも知って欲しいから」

彼にそう言われて、安岐は何も言えなくなる。それでも、本を突き返すことは出来なかった。

──結局、全部読んでしまった。

柏木の部屋を辞し、部屋に帰った安岐は、とりあえず買ってきた食材で夕食にし、入浴をしてから寝室で柏木の同人誌をじっくりと読んでしまった。

ストーリーは、ヒロインが夏休みに親戚《しんせき》の家に遊びに行き、その家の兄弟とセックスをするという単純なものだった。一般の書店で売っている柏木の作品は、緻密な構成が練《ね》り上げられていて、それと比べればずいぶんな違いだ。だがこの本はそれでいいという。ヌキ目的、と彼は言っていたか。

ヒロインは処女《しょじょ》という設定《せりふ》であったが、女性器もアナルも犯《おか》され、イきまくっていた。そして何より、この卑猥な台詞の数々。

「──……」

安岐は言葉をなぞるように、台詞の上に指を滑《すべ》らせる。

(大和さんが、この台詞を考えたんだ)

安岐は乾《かわ》いた唇《くちびる》を、舌で舐《な》めて湿《しめ》らせた。

「……もっと、お××この奥まで挿《い》れて、ぐぽぐぽして欲しいの……」

口に出して読むと、途端に身体の奥にカアッと火がついたようになる。そのあまりの如実《にょじつ》な反応に、安岐は喘《あえ》ぐように呼吸した。

『お尻にも挿れてあげるよ。きっと気持ちいいよ。前も後ろもたっぷり虐《いじ》めてあげる』

もしもこんなふうに言われてしまったら。

このヒロインみたいな台詞を言わされてしまったら。

安岐の頭の中は、今やそのことでいっぱいになっていた。部屋着のズボンの中に、右手がそろそろと入り込む。脚の間は、すでに昂《たか》ぶって形を変えていた。

「んうっ……」

握《にぎ》り込むと、じいん、と快感が走る。そういえばここのところ、引っ越しだなんだと忙しくて、しばらくしていなかった。

「はあ、はあっ……」

手を動かすと、これまでの自慰《じい》では感じたことのない快感が込み上げてくる。興奮が桁違《けたちが》いだった。いったいどうしてこんなに興奮しているんだろう。わかっているのに、安岐はそれに気づかない振りをする。

「くう、うっ、ううっ…!」

ぶるるっ、と腰を震わせて、安岐は手の中に射精《しゃせい》した。驚くほどたっぷりと出て、粘性《ねんせい》も高かった。安岐は手に吐き出されたものをぼんやりと眺《なが》めていたが、やがて手早く処理《しょり》をし、布《ふ》団《とん》を被《かぶ》って電気を消した。

その日は、困った夢ばかり見てあまりよく寝られなかった。

「雛月君、今帰り？」

　エントランスで名前を呼ばれて振り返ると、そこには神原が立っていた。彼はスーツとジャケット姿で、まるでドラマに出ている俳優のようにも見える。

「神原さん、こんにちは」

「引っ越しの日以来だね。会いたかったけど、なかなか会えないから、こっちから訪ねて行こうと思ってた」

「え、俺に何かご用ですか」

　そう言うと、神原は声を立てて笑った。

「つれないなあ。遊びに行きたかっただけだよ」

「ええ？　そんな……」

　彼のような人が、ただのサラリーマンである自分なんかに会いたいなんて、何かの冗談《じょうだん》ではないだろうか。

「からかわないでください」

「どうして？」

「どうしてって……」

一緒にオートロックのドアを抜け、エレベーターホールまで歩く。ボタンを押すとすぐに扉《とびら》が開いた。

「頼子さんや大和から雛月君の話を聞く度に、会ってみたいって思ってたよ。写真は見せられていたからね」

「なんだか恥ずかしいです。でも別に俺なんか、ちっともおもしろくないですよ」

「そう？　可愛いじゃないか」

「かわ……」

いきなりそんなことを言われて面食《めんく》らう。

「けっこうモテたんじゃないのかな？」

確かに顔立ちは整っているとは言われたことはある。けれど安岐は自分の顔はつまらない作りだと思っていた。同級生の男子からは時々清楚系とか清純派《せいじゅんは》などと言われたりするが、馬鹿にされているようで好きではない。そう訴《うった》えると、神原はおかしそうに笑う。

「それは僕もそう思うよ。雛月君からは、なんだか侵《おか》しがたいような雰囲気を感じる」

「なんですか、それ」

安岐は階数表示を見つめていた。もうすぐ五階に着く。だから言うのなら今しかない。

「……あの、よかったら部屋に上がります？」

「いいの？」

「まだ片付いてませんけど、それでもよかったら」

「ありがとう」

エレベーターの扉が開く。二人は五階のフロアに降り立った。

「もちろん、寄らせてもらうよ」

神原がにこりと笑う。その表情に、安岐は思わず目を奪われた。慌《あわ》てて気を取り直し、廊下を歩きながら、顔が熱くなったのをごまかすように鍵《かぎ》を取り出す。

どうしたんだろう。彼らに会ってから、変なことばかりだ。

「どうぞ」

「お邪魔します」

開けたドアに、神原はするりと身を滑《すべ》らせる。その瞬間、安岐はなんだか招き入れてはいけないものを入れてしまったような気持ちになった。何かとてつもなく危険な存在を自分のテリトリーに入れてしまった時の感覚。それは防衛本能《ぼうえいほんのう》だったのかもしれない。

「どうかした？」

「あ、いえ」

どうしてそんなふうに感じてしまったのか、安岐は自分が不思議《ふしぎ》になった。神原は物腰も柔《やわ》らかく優しくて、何より頼子と大和の親しい人だ。何も心配などいらないというのに。

「座っていてください。今お茶いれます」

「ありがとう」

神原をリビングに案内すると、沈黙《ちんもく》が少し居心地《いごこち》が悪くて、テレビでも見ていてくださいとスイッチを入れる。画面には情報番組が映っていた。

キッチンで、安岐は丁寧《ていねい》に緑茶をいれた。

「どうぞ」

「ありがとう」

神原は緑茶を一口飲むと、そうだ、と言って鞄《かばん》に手を入れ、一冊の本を取り出した。ハードカバーの、装丁の美しい本だった。

「これ、来週出る僕の新刊なんだけど、よかったら」

「え、いいんですか⁉」

ネットで広告を見てから楽しみにしていた本だ。会社の帰りに買って帰ろうとチェックしていた。

「すごく嬉《うれ》しいです……、ありがとうございます！　でも、ちゃんと買おうと思ってたのに」

「いいんだよ。俺は同人活動してないから、そんなものくらいしかあげられないけど」

「え」

神原の言葉に、思わず声が詰まる。

「あいつが雛月君に自分のエロ本渡したって言ってたからさ」

「あ、はあ……、ええ」

なんと答えたらいいのかわからなくて、言葉を濁《にご》してしまった。

「読んだ？」

「……読みました」

「どう思った？」

「……エッチでした」

正直に答えると、神原はおかしそうに笑った。

「だよね。俺もあいつの同人誌、エロいと思うよ」

「神原さんもああいうの好きなんですか」

なんだか柏木の成人向け漫画に対する批判《ひはん》のように聞こえてしまったかなと、安岐は口に出してしまってから少し後悔《こうかい》した。決して柏木に幻滅《げんめつ》したとかそういうことではない。成人向けでも相変わらず表現力は素晴らしいと思ったし、何より人の欲望というか、劣情《れつじょう》をかき立てる力に長《た》けている。それに煽《あお》られて、安岐は抜いてしまったわけだし。

「違うんです、そういうことではなくて」

「そうだなあ。うーん。まあ僕も男だしね……。でも、エロければなんでもいいってわけではないかな」

神原は誤解《ごかい》はしないでくれたらしくて、ソファの背に身体を預《あず》けて真面目《まじめ》に考え出した。

「あいつとは性癖《せいへき》が合う感じかな」

「性癖」

「そう。それってつき合う上で大事なことだからね」

つき合う。

それはつまり、深い仲になるということか？

安岐の中で何かが繋《つな》がったような気がした。柏木と神原の二人を見ていると、本当に仲がいいというか、気の置けない感じがする。高校生の時から親交を深めているのなら、お互いのこともかなり理解しているのではないだろうか。

（この二人、もしかしてそういう関係……？）

導き出された結論に、安岐は動揺《どうよう》した。頼子はこのことを知っていたのだろうか。

「あの、お二人……」

遠慮《えんりょ》がちに尋ねようとした時、つけていたテレビの情報番組の音に、急に意識を持って行かれた。

『さて、昨日ですが、作家の神原一弥さんと女優の桐原玲奈《きりはられいな》さんとの関係がスクープされましたね』

『二人で都内の某ホテルから出てきたところを目撃《もくげき》されたようです』

『二人は関係を否定していますが、どうなんでしょうねえ』

「――は…？」

画面に目をやると、そこには二人の男女がホテルから出てくるところが映っていた。女のほうはキャップを目深に被《かぶ》り、マスクをしている。男のほうもサングラスをしていたが、それは確かに神原だった。何せ今、目の前にいるのだ。よくよく見比べても否定する材料は見当たらない。だいたい、こんなにシルエットだけでもかっこいい男性なんて、そうそういるわけがない。

「あー…、報道出てしまったか。面倒だな」

今まさに番組で名前を呼ばれている神原が少し憂鬱《ゆううつ》そうに眉《まゆ》を寄せる。その表情は世間に明るみになってしまった焦《あせ》りというよりも、心底面倒に思っているような印象だった。

「……これって、本当のことなんですか？」

「うん？　セックスしたかっていうことかな？」

「は、はい」

ずいぶん明《あ》け透《す》けにいうものだ。それでも安岐が頷《うなず》くと、彼はあっさりと言ってのけた。

「したかしないかという話なら、したね」

「あ――…、そう…ですか」

柏木との仲を邪推《じゃすい》した瞬間に、そんなことを言われて安岐は拍子《ひょうし》抜《ぬ》けする。

「前にテレビに出た時があって、その時一緒に出ていたんだ。向こうから声をかけられて、それでこの間した」

「お付き合いしているわけでは？」

「え？　してないよ？」

何を当たり前のことをと言いたげな神原に、安岐は面食らってしまった。なんだか最初のイメージとずいぶん違う。それは柏木も同じだったが。

「軽蔑《けいべつ》した？」

ゆったりと微笑《ほほえ》み、こちらを見る神原はひどく魅力的《みりょくてき》だった。男の色気が滲《にじ》み出ているとでもいうのだろうか。柏木の直球的なイケメン具合とはまた違ったものがある。安岐は慌《あわ》てて首を振った。

「そんなことないです。びっくりしましたけど」

それは事実だった。思っていた印象と違うからといって、幻滅したりはしない。他の人間だったならわからないが、彼らに関しては不思議とそれはなかった。どちらかというと、これまで縁《えん》もなかった、知らなかった世界を見せられて戸惑《とまど》っているという感じだ。

「女優さんとなんて、俺なんか考えられないなと思って」

「そうかな？　雛月君は可愛いし綺麗だ。君のことを気になる人は多いと思うよ」

「そうですか？」

「どこか危ういところがあるから、ストーカーなんかに狙《ねら》われやすいタイプかもしれないけど」

安岐はぎくりとした。さすがは作家の洞察力《どうさつりょく》というべきか。

「ああいう女優なんかは、向こうだって俺のことをつまみ食いくらいにしか思っていないよ。たまたまお互いに都合がよかっただけだ」

「はあ……」

神原の言っていることは、安岐にはよくわからなかった。

恋愛というものがよくわからない。そこに肉欲が絡《から》めば尚更《なおさら》だった。夢見がちだという自覚はある。だからいつも、思い描いている絵から相手が外《はず》れると、途端に冷めてしまう。けれど、柏木と神原だけは何故《なぜ》か違う。知らなかった部分が見える度に、その先はどうなっているのかもっと知りたくなる。

でもきっと、その先は危ない。そんな予感が確かにしていた。

神原が帰ってから、安岐はもらった本を読む。その話はずいぶんと官能色《かんのうしょく》の強い話だった。彼の著作にはけっこうな頻度《ひんど》で濡《ぬ》れ場《ば》が出てくるが、今回は特に生々しい。だが彼の書くそれは、『感じる官能』と題して雑誌に特集されるほど女性に支持を得ていた。

『君の中を朝まで愛させてくれ』

主人公がそんなふうにヒロインに囁《ささや》く。

『聞こえるかい？　素敵な音だ……。僕に可愛がられて嬉しいって言っているよ』

主人公が腰を穿《うが》つ度に、ヒロインの内部が情熱的な音を立てるのが聞こえてくるようだった。

（まただ）

安岐の身体が熱くなってくる。

まるで彼らの紡《つむ》ぐ言葉に煽られるように、安岐は満たされぬ身体を自らの手で慰《なぐさ》めるのだった。


新しい生活が始まってから一ヶ月ほどが経《た》った。安岐の部屋はすっかり片付き、広い部屋を彩《いろど》る雑貨なども少しずつ置かれるようになった。

そんな折《お》り、安岐はいつものように仕事から帰り、マンションのエントランスへと入ろうとした。だがその時、柱《はしら》の陰《かげ》から現れた男に気づくのが遅れ、突然、腕を掴《つか》まれた。

「やっと見つけた」

「────！」

その男の顔を見た時、安岐は心臓が凍《こお》りつきそうになる。手足が硬直してしまい、うまく動かない。

「どうして黙《だま》って引っ越したりしたんだよ。探すの大変だったんだぞ」

「離せ」

ようやっと我に返って抵抗してみたが、男の力は強く、腕を振り解《ほど》くことは叶《かな》わなかった。

「どうして嫌がるんだよ。ねえ、何か理由があったんだろ。そうだよな。だから俺の前からいなくなったんだろ」

男の頭の中には勝手なシナリオが出来上がっているらしく、安岐は止《や》むにやまれぬ事情で男の前から消えたことになっているらしい。冗談ではない。俺は自分の意志でお前から逃げたのだ。

「お前なんか知らない。お前とつき合う気もないし、いっさい関わるつもりもない。離せ」

こういう輩《やから》には、屹然《きつぜん》とした態度を取ること。それが大事だと聞いた安岐は、その通りに振る舞った。だが安岐から厳しい言葉を投げつけられた男は、醜悪《しゅうあく》に顔を歪《ゆが》める。

「なんでそんなひどいこと言うんだよ。誰に言わされてるんだ。いいから帰ろう。今度こそ一緒になろうよ」

摑まれた腕がすごい力でぐいぐいと引かれる。ふと玄関ポーチの脇《わき》を見ると、薄汚《うすよご》れた軽自動車が横付けられていた。あれは男の車だろうか。

（あれに乗せられたらおしまいだ）

そう思った安岐は、死《し》に物狂《ものぐる》いで抵抗する。だが次第に身体は車のほうに引っ張られていった。こんな時に限って、誰も通りかからない。

――――まずい。

「誰か……！」

助けを呼ぶ声を上げようとした時、急に腕を掴む手が一本増えた。反動で後ろに飛んだ身体を誰かが抱き留めてくれる。

「――――大丈夫かい？」

背後から聞こえた声は、神原のものだった。慌てて顔を上げると、男が地面に転がっている。その前には柏木が立ちはだかり、男を見下ろしていた。

「なんだ、てめえ」

柏木の口から出る低い声は、これまで聞いたことがないくらい冷えきっていた。

「お、お前こそなんだ！　邪魔《じゃま》をするな！」

「ハア？」

柏木は足で男の脇腹《わきばら》を蹴《け》り飛ばす。ぎゃっ、という声が上がった。

「人んちの前で、何ナメたマネしくさってんだよ」

「うるさい！　お前らはいったい何なんだ！　俺と彼の仲を邪魔するな！」

「……雛月君、彼は？」

後ろから安岐のことを抱きしめたまま、神原が尋ねてくる。

「前から俺に付き纏《まと》っているんです。断っても断っても話が通じなくて……ここに越して来たのも、それが原因のひとつで……！」

「なるほど」

神原が落ち着いた声で返事をした。それは柏木にも聞こえたらしい。

「いい加減しつこいんだよ、ストーカー」

「お前らには関係ないだろ！」

「あるね」

柏木は傲然《ごうぜん》と言い放った。

「俺らはこいつとつき合ってんだよ」

「……は？」

「え？」

ストーカー男と安岐は、ほぼ同時に声を上げた。柏木の言っていることがよく理解できない。

だがそれは男も同じだったようだ。

「何言ってるんだ！　安岐は俺とつき合ってるんだ！」

「んなわけねえだろ。安岐は俺らの恋人なの。もうすっげーズブズブにヤりまくってるから」

いや、何を言っているんだ。

「大和さ…」

「黙って」

神原の大きな手が安岐の口元をそっと覆《おお》い隠《かく》す。

「大和の言う通りにしよう」

「……」

安岐は言葉を呑み込んだまま、事の成り行きを見守った。男はようやく立ち上がると、悔《くや》しそうな顔で安岐のほうを睨《にら》みつける。

「ほんとなのか、本当にこいつらとつき合ってるのか」

「そうだよ。僕らは深い仲だ」

今度は神原が男に向けて言い放った。男が泣きそうな顔になる。

「お前がそんな淫売《いんばい》だとは思わなかった！　これは裏切りだからな！」

「うるせえな。また蹴られたいか」

柏木が再び男との距離を詰めると、男はヒッ、という声を上げて後ずさった。それから何か悪態《あくたい》をつくと、背を向けて走り出す。ほどなくして軽自動車が急発進していった。

「……」

安岐は未《いま》だに呆然《ぼうぜん》としている。背後の神原がようやっと腕を離してくれた。

「タチの悪いストーカーついてんな」

「怖かったろう」

そう声をかけられて、安岐ははっと我に返る。

「あ、あの……、ありがとうございました」

「大丈夫か?」

柏木が近づいてきた。大丈夫、と言おうとして、安岐は自分の手が震《ふる》えていることに気づく。

「早く中に入ろう」

その手をぎゅっ、と握《にぎ》られて引かれた。男に摑まれた時には痛みと恐怖しか感じなかったのに、今は手の熱さが心地よかった。


「明日でもいいから、一応、警察《けいさつ》には届けたほうがいい。接触はあったんだ。おそらく動いてはくれるだろう」

「はい」

彼らは部屋までついてきてくれた。自分で思っていた以上にショックだったらしく、ソファに座った安岐の背を神原がずっとさすってくれていた。そうされていると、少しずつ落ち着いてくるのを感じる。キッチンから出てきた柏木が、ブランデー入りの紅茶をいれてきてくれた。

「ほら、これ飲め」

「すみません」

熱い紅茶を啜《すす》ると、やっとひと心地ついたような気がする。安岐は大きく息をついた。

「本当にありがとうございました。お二人がいなかったら、今頃どうなっていたか」

「しかし、ストーカーに狙われそうなタイプだと思ったら、本当にいたとはね」

ため息まじりに言う神原の言葉には、何と返していいかわからなかった。

「俺らがつき合ってるって思ったら、もう来ないんじゃねえのか？　ああいうタイプって、男がつくと冷めるっていうだろ」

「逆に攻撃性《こうげきせい》が増す場合もあるぞ」

「そっかあ……」

神原の言葉に、柏木が考え込むようにラグに座り込んだ。

「あの、もう大丈夫です。お二人とも、もうご自分のお部屋に戻ってください」

「そんな顔した奴、置いていけねえだろ」

「今帰っても、多分気になって何も手につかないと思う」

そんなふうに言われて、ありがたくもますます申し訳なく思ってしまう。実際、今一人にされたら不安だった。だが忙しいであろう彼らの手を煩《わずら》わせることも居たたまれなかった。

「俺がちゃんと対処できていれば……」

「雛月君、ああいうのは天災《てんさい》に遭《あ》うようなものだ。君のせいじゃない」

「そうそう。運が悪かったって思うしかねえよ」

「……でも、俺が危なっかしいからって言ってました」

「確かに言ったな」

神原はふむ、と思案する。すると、柏木が突拍子《とっぴょうし》もないことを言い出した。

「それなら、危なっかしくないようにすればいいいんじゃねえの」

「……？」

安岐は顔を上げて柏木を見つめる。彼はまるで、これから悪巧《わるだく》みでもするような顔をしていた。

「本当につき合っちまえばいい。俺達」

「なるほど妙案《みょうあん》だ」

「だろー？」

「……？」

彼らは何を話しているのだろう。さっきはストーカー男を誤魔化《ごまか》すために恋人の振りをしてもらったのだが。

「そういうわけだ。安岐は俺達のこと好きか？」

「えっ」

直球を投げられてしまい、思わず顔が熱くなる。そんなものはわかりきっていることだ。

「す、好きですけど」

彼らはいつだって安岐の憧れだった。想像と違う姿を見せられても嫌いになれないほどに。

「それはセックスできるくらい？」

「セッ…⁉」

神原の発言に言葉が詰まりそうになる。

「そ、そんなこと、考えたこともな……！」

そう言いかけて止まった。本当にそうだろうか。彼らの創り出した淫靡《いんび》な物語を読んで身体を熱くしていたのは安岐自身だ。あの時、彼らのことを思い浮かべなかったと本当に言えるだろうか。

「わ、わからない、です」

「正直だね」

神原がくすくすと笑った。

「じゃ試してみるか。相性ってもんもあるしな」

目の前で勢いよく立ち上がった柏木に、安岐は慌てる。

「ちょ、ちょっと待ってください！」

「うん？」

「ひとつ教えて欲しいっていうか、確認したいんですけど」

「何かな？」

「お二人って、お付き合いしているわけではないんですか？」

「二人って？」

「大和さんと、神原さん」

二人は一瞬きょとんとして、次にお互いに顔を見合わせた。そうして、耐《た》えきれないというように笑い始めた。

「マジで！」

「すごい想像力だな」

安岐の目の前で、大爆笑《だいばくしょう》と言っていいくらいに笑い転げる二人を見て、もしかして自分は大変な勘違《かんちが》いをしていたのかもしれないと薄々《うすうす》思う。

「はー、うける……。涙《なみだ》出た」

「こんなに笑ったのも久しぶりだ」

そんなに笑わなくともいいのではないだろうかと、安岐は少々憮然《ぶぜん》としていた。

「だって……、神原さんが、大和さんとは性癖が同じだっていうから……」

「それは嘘《うそ》じゃないよ」

「まあ、おいおい教えてあげようか」

柏木が立ち上がり、神原とは反対側の安岐の隣《となり》に座った。逃げ場がなくなったような気がして少し焦《あせ》る。

「で、どうなの？　さっきの話」

「さっきの話っていうのは」

「僕たちがつきあうっていうことだよ」

「んっ」

ふいに神原が耳元で囁《ささや》いてきたので、安岐はびくりと肩を竦《すく》めた。耳の中に低くて甘い声が響《ひび》いて、背筋《せすじ》にじわりと変な波が走る。

「な…」

「安岐はさ、俺達のこと好きだって言ったよな」

柏木もまた、反対から耳に近づいてきた。顔が熱い。背中がぞくぞくしてくる。

「や…やめ」

「嫌？」

そんなふうに尋ねられ、安岐は困惑に眉を顰《ひそ》めた。正直に言えば、多分嫌ではないと思う。だがいきなり、それもこの状況だと二人と同時にセックスをするなど、心の準備ができていないどころではない。

「嫌なら振り払って欲しい」

「でないと、ＯＫだって受け取るぞ」

「そ……そんな」

耳元や首筋に何度もキスをされたり、太腿《ふともも》や腰に手が這《は》う。もうのっぴきならない状況に追い込まれようとしていて、安岐は身を捩《よじ》って逃《のが》れようとした。さっきのストーカー男と違って、彼らは強く拘束《こうそく》してきたりはしない。それなのに、振りほどけない。身体から力がどんどん抜けていく。

(なんだ、これ)

自分の身体だというのに、まるで言うことを聞いてくれない。

「な……なんでっ……」

「そりゃ、安岐が可愛いからだよ」

柏木の声に心臓がどくどくと跳《は》ね上がる。身体をまさぐってきた神原に胸を触られ、彼は安岐の耳を軽く噛《か》みながら言った。

「こんなにどきどきして……本当に可愛いね」

「あ、う、待って…、待ってくださいっ」

危うかった。本当に流されるところだった。やっとのことで二人の動きを止めた安岐は、息を荒げ、顔を真っ赤にしながらも一気に告げた。

「お、おかしい。二人いっぺんにつき合うなんて、おかしいですよっ」

「そうかあ?」

「確かに倫理的《りんりてき》にはどうかと思うけど、だからこそ背徳的《はいとくてき》で興奮《こうふん》するものじゃないか？」

「俺はそうは思わねえけど」

「お前はそんなだから刺されるんだ」

「今それ関係ねえだろ」

「むしろそれしか原因がないと思うが？」

二人は勝手に言い合いを始めてしまって、安岐は困惑してしまう。仲がいいと思っていたが、そうでもないのだろうか。だがこの遠慮《えんりょ》のなさはやはり親密な関係なのだろう。

「じゃ、お前はヤらねえの？」

「誰がそんなこと言った」

矛先《ほこさき》がまたこちらに戻ってきた。神原の手に、ぐいっと顎《あご》を摑まれ、顔を近づけられた。俳優《はいゆう》みたいな整った顔が迫《せま》ってきて、息を呑む。

「この綺麗な顔が、涙《なみだ》と汗《あせ》まみれになって喘《あえ》ぐところを見てみたい」

「――――」

生々《なまなま》しい直截的《ちょくせつてき》なことを言われ、思わずどきりとした。羞恥《しゅうち》が全身を駆《か》け巡《めぐ》り、熱でも出したような感覚に襲《おそ》われる。

「それは俺も同感だな」

どうやらまた意見が一致したようだった。両側から男の手が忍《しの》んでくる。だがいきなり同性とセックスしようとなどと言われても、すぐに覚悟が決められるわけもない。

「そんな、いきなり、決められないですよ……!」

「そっか、うーん、じゃあ今日は触るだけ」

柏木が譲歩案《じょうほあん》を出してきた。不思議《ふしぎ》なことに、それくらいならいいか、という気になってしまう。

「舐《な》めたり挿入《そうにゅう》はしないから、指で触るくらいならいいだろう? それ以上はしない」

「う、……それ、くらいなら……」

思えば、これが始まりだったのだ。だがこの時はそんなふうには考えられなかった。最後までしないのならいいだろうと軽く思ってしまった。

「言質《げんち》もーらい」

柏木の手がシャツをめくり、するりと滑《すべ》り込んでくる。いきなり肌を触られ、ビクン、と背中が震えた。

「敏感《びんかん》なんだな」

「っ、あ、ちがっ……」

すぐに反応してしまっているみたいで恥ずかしい。ビクつく身体を必死で抑《おさ》えようとしたが、巧《たく》みな指先が感じやすい脇腹《わきばら》を滑って、刺激を余すことなく受け取ってしまう。反対側では神原に背中を撫《な》で上げられ、思わず仰《の》け反《ぞ》ってしまう。

「ちょっ、んゃっ、さわり、かた、やらしっ……」

「いやらしく触ってるんだよ」

上半身をさわさわと触れられ、二人の間で安岐の肢体《したい》がおもしろいようにくねった。くすぐったいような、痺《しび》れるような感覚はやがて甘い痺れに変わって、吐息《といき》が湿《しめ》っていく。シャツのボタンがいつの間にか外されて、安岐の素肌が露《あら》わになった。

「綺麗な肌をしているね」

「エッチな身体つきっつうんだよ」

胸の上で尖《とが》っている突起《とっき》をふいにつつかれ、安岐は反射的に背中を反らした。両側から左右の乳首をそれぞれ摘《つ》ままれ、くりくりと弄《いじ》られる。今までほとんど意識して来なかった場所への刺激は、安岐を動揺させるには充分だった。

「ん、や、やめ…っ」

「んん？　触ってるだけだけど。それなのにこんな固くして尖らせてるのは安岐のほうだぜ」

違う。明らかにこちらを感じさせようとしている手つきだ。指の腹でころころと転がされたかと思うと、ぴんぴんと弾《はじ》くようにされる。胸の先から電流が走るような刺激が、肉体の中心から腰の奥へと駆《か》け抜けていった。

「ああ、あ……っ」

「可愛らしい乳首だ。ほら、もうこんなに膨《ふく》らんできた」

執拗《しつよう》に虐《いじ》められたそれは、乳暈からふっくらと勃《た》ち上がっている。爪《つめ》の先でカリカリと嬲《なぶ》られると、もうたまらなかった。

「あっ、あっ、んぁんんん…っ」

「エロい声」

「やぁ、ううっ…、そ、そんな…に、弄らないで……っ」

これまで感じたことのない快感を、どう受け止めていいのかわからない。耐性《たいせい》がない。胸の先に与えられる刺激をどうしたらいいのかわからず、安岐はただソファの上で身を捩るだけだった。

「じゃあ、胸以外も触ったほうがいいかな？　雛月君を恥ずかしい格好《かっこう》にしてあげようか」

「あっ！　だ、だめ…っ」

ボトムに手をかけられ、下半身の衣服を脱がされる。思わず抵抗しようとしたが、力の抜けてしまった身体は易々《やすやす》と押さえ込まれた。ズボンと下着を脱がされると、部屋の明かりの下に安岐の性器が露わにされる。

「おー、勃ってんじゃん」

「ああ…っ、み、見ない、で、くださ……っ！」

あまりの羞恥に半泣きになった。だが神原の両手で腕を押さえられ、柏木の手に両膝《りょうひざ》を開かされてしまう。頭の中が真っ白になる感覚にひくひくと身体が震えた。

「ちょっと触っただけでこんなにビンビンにしちまって……。実は恥ずかしいことされんの好きだろ？」

「や、ちがう、う、すきじゃ、な……っ」

「嘘《うそ》はよくないな」

「ひううっ」

前に回った神原の両手に、左右の乳首を、きゅうっと摘まみ上げられる。途端に全身に甘い衝撃《しょうげき》が走った。そのままくりくりと捏《こ》ねられて、腰の奥まで重い快感が届く。

「は、あっ…、あ――……っ」

身体が自分のものじゃないみたいに熱くて痺れてしまう。時折《ときおり》ふっと我に返って、いったい自分は何をやっているんだという気持ちになるが、すぐに鋭い快感に上書きされた。

「気持ちいいかい？」

「ん、うっ……うっ…」

神原の指先で断続的に刺激される。そこからじゅわじゅわと快楽が込み上げてきて、どうにかして声を抑えようとした。だが我慢《がまん》できない。勝手に出てしまう。

「…っや、あぁっ…う、あっあっ」

仰け反った喉《のど》から、自分でも聞いたことのない声が漏《も》れた。

「な、んでっ…、こんなにっ……」

こんなところが、どうしてこんなに感じるのか。混乱する安岐の耳に、また卑猥《ひわい》な言葉が注《そそ》ぎ込まれる。

「それは雛月君がエッチだからだよ」

「――――っ」

お前がいやらしいからだと言われて、背筋が激しく震える。違う。俺はそんなんじゃない。こんなふうに身体を弄られて悦《よろこ》ぶような人間じゃない。否定しようとしたが、さっきから柏木に内腿《うちもも》を撫で上げられていて、下半身の力と一緒に抗《あらが》う気力も抜けていってしまう。

「ん、あ、ああ…っ」

剝《む》き出しにされてそそり勃った肉茎は、放っておかれて先端から涙を流していた。

「お前よく濡れるなあ。先っぽから愛液がだらだら零《こぼ》れてるぞ。触って欲しいって言ってるみたいだ」

柏木の言う通りだった。執拗《しつよう》に虐められているのは乳首のみで、下肢は遠回しな愛撫《あいぶ》だけを与えられている。興奮しきった肉茎は固くそそり勃ち、早く刺激が欲しいとわなないていた。腰の奥から切ない疼《うず》きが込み上げてる。

「う、ふ、ふぅ…っう…、あああっんっ」

足の付け根をくすぐられ、がくん、と腰が浮いた。

「ここ、こちょこちょすると痙攣《けいれん》するな。感じるのか？」

「あっ！　ああっんっ、あああっ」

もう頭がおかしくなりそうだった。憧《あこが》れていた男達にいやらしい愛撫を施《ほどこ》され、頭が破裂《はれつ》しそうになる。

「もっ、う…っ、ど、どうにか、して…っ」

「触って欲しいのか？」

「ふあっ、ああっ！」

柏木の指先が一度だけ肉茎を撫で上げていった。その途端に走ったたまらない快感を肉体が追いかけようとするが、それはすぐに離れてしまう。

「あっ、あ…っ、ああ…っ！　い、意地悪《いじわる》、しな…っ」

「どうして欲しい？　でも嫌なんだろ？　触っていいのか？　ここ触ったら、お前、間違いなくイっちまうぞ？」

それでもいいのかと柏木が追いつめてきた。あまりのもどかしさに、どうにでもして欲しくなる。

「雛月君はこれからずっと俺達に可愛がられるんだよ。それでいいんだね？」

乳首を優しく転がされながら神原に駄目《だめ》押しされて、安岐の最後の堰《せき》が砕《くだ》けた。

「は、い…っ、いい、から、さ、さわっ、て……っ、触って、くださ……っ」

屈服《くっぷく》した瞬間、股間《こかん》のものに柏木の指が絡みつく。根元から乳《ちち》でも搾《しぼ》るように扱《しご》き上げられ、灼《や》けつくような快感が走った。

「くぁああっ、アっ、あ――――……」

安岐は腰を、ぐんっと突き出すように浮き上がらせ、背中を大きく仰け反らせる。

「すっげーびくびくいってんな……。気持ちいいだろ。お前が触ってって言ったんだから、たっぷり可愛がってやるからな」

「っ、あっ、あ～～っ、い、い……っ」

二人がかりの巧みな指戯で敏感な場所を責められ、安岐は取り乱したように喘《あえ》いだ。腰が動いてしまうのを止められない。裏筋をにちゅにちゅと擦《こす》られると、もう我慢ができなかった。

「んんああっ、あっ、あっ！」

「イく時はイくって言いなさい」

神原に命令され、安岐の口から無意識の言葉が漏れる。

「あ、イくっ、イきますっ、いっ……くぅ――……っ！」

身体の奥からせり上がってくるものに戦《おのの》きながら、安岐はそれに抗《あらが》えなかった。はしたない言葉を垂《た》れ流しながら、何度も腰を突き上げ、柏木の手の中に蜜《みつ》を吐き出す。頭の中が真っ白になって何も考えられなかった。

「……はっ…、あぁぁ…っ」

安岐はほとんどの衣服を脱がされてしまい、ソファの上でひっきりなしに身をくねらせる。身体中に柏木と神原の手が這《は》っていた。彼らは絶妙《ぜつみょう》な指の動きで安岐を何度も絶頂の淵《ふち》へと連れて行く。

「うんっ、ああ、あああ…っ」

脚の間でくちゅくちゅという音が響《ひび》く。幾度《いくど》か放って濡れそぼっている肉茎には、神原の指が絡《から》められ、敏感な部分を優しく擦《こす》り上げていた。弱いところを指の腹でくりくりと撫で回されると、腰から下がじんじんと痺れた。快楽の水位がまた上がってくるのに耐えかねて腰を引くが、強引に戻される。

「ダメだよ。ほら、もっと脚を開いて。恥ずかしいところ全部見せてごらん」

「ああっ」

立てた両膝が更に大きく左右へと開かれた。最奥の場所が露わになり、そこを柏木の手で押し開かれる。窄《すぼ》まった秘所がひくひくと息づいていた。

「可愛いな、安岐の孔」

「やあっ、あっ、見るなっ…！」

どうにかして脚を閉じようとするのだが、まるで力が入らない。とんでもない場所を見られているという羞恥が、安岐の身体をじりじりと炙《あぶ》っていった。きつく目を閉じているのに、彼らの視線を感じてしまって、それが刺激となって身体中を巡る。

「今日はここも触るからな」

「ん、え…っ、ぅくっ、んんんんっ」

柏木の指が慎重《しんちょう》に後孔に挿入された。あまりのことに安岐の目が見開かれる。そしてその時の刺激で、安岐はまた絶頂に達してしまった。まだ男を知らない後孔が柏木の指を強く締めつける。

「あっあっ、んあぁぁあぁあ」

「指を挿《い》れられただけでイってしまったのかい？　ずいぶんスケベなんだな」

目を潤《うる》ませ、ひくひくと全身を震わせている安岐を、神原が優しい声で嬲《なぶ》った。

「ち、ちがう、ちがっ…！」

「いいんだぞ？　スケベな安岐は可愛い」

柏木に指を内部で軽く動かされ、安岐は「あうっ」と声を上げる。腹の奥がじんわりと熱く、肉壁を撫でるようにされると、中が気持ちがよかった。

「っ、そ、こ、あ……っ」

「この中に、すげえ気持ちがいいところがいっぱいあるからな。俺達のモノを挿れてイけるようにがんばって開発していこうな。――まずはこのへんか？」

柏木の指の腹がある場所を、ぐっと押す。

「んうあぁっ」

ビクン、と身体が跳《は》ね、小さな震えが止まらなくなった。柏木の指でゆっくりとそこを揉《も》みこまれると、内壁がうねるように悶《もだ》える。

「うあ、あ…っ、そ、れ…っ」

「ここのコリコリしたとこが気持ちいいか？」

「んっ、ん…っ」

喉を反らし、そのままこくこくと頷《うなず》いた。そこを押されると、一際《ひときわ》強い快楽が、じゅわあっと染み出すように広がっていく。

「んあぁあ、ああ…っ、そ、そんなに…っ、しないで…っ」

後ろを柏木の手で責められている間も、神原の手は安岐の気持ちのいいところを刺激していた。乳首を摘ままれ脇腹を撫で上げられ、おかしくなりそうになる。

「雛月君、どこが一番気持ちがいい？」

「や、わ、わからな…っ、ああ……っ」

身体のあちこちで快感が暴《あば》れ回って、本当にわけがわからなかった。そのうち中に這入《はい》っている指を二本に増やされ、泣くような声を上げる。

「あぁあ…っ、それ、許して……っ」

「ダメダメ。俺らのはこんなもんじゃないからな」

本当に、いずれ犯《おか》されてしまうのだ。そう思うと体内の指を無意識に食いしめてしまい、柏木に笑われる。

「可愛いな。奥のほうからきゅうきゅう締めつけてくる。もう気持ちいいの覚えちまったか？」

「思っていた以上に、いやらしい身体をしているんだね」

言葉で嬲られ、巧みな愛撫で追いつめられ、安岐は切羽詰《せっぱつ》まった声を上げ続けるしかなかった。

「ん、んああ、あ、ああう……っ！　っ！」

下腹に痙攣《けいれん》が走り、安岐は背中を仰け反らせて達してしまった。初めて中でイってしまい、その異様ともいえる感覚を、どう受け止めたらいいのかわからない。

「おっ、中イキした？」

「くひぃぃっ」

まだひくひくと蠢《うごめ》いている肉洞の中で、指をくにくにと動かされて、泣き喘ぐような声が漏れた。

「もっ、もう、やだっ、指、は、もう……っ」

前で達するのとはまた違う、もっと身体の深いところから湧《わ》き上がってくるような快感だった。こんなのは知らない。恐ろしい。

「わかったわかった。やめてやるよ。俺はな」

柏木の指が中からズルリと引き抜かれていった。思わずホッと息をついて、身体の力を抜こうとした安岐だったが、その場所にまた触れてくる指があってギクリとする。

今度は神原が安岐の後孔をまさぐっていた。

「今度は俺が雛月君の中を可愛がってあげるよ。せっかく中でイけたんだ。もっとここをとろとろに躾《しつ》けてあげよう」

「や、あ…っ、そこ、もう、やだ…っ、あっ！」

これ以上の快感が怖くて、どうにかして逃れようとする。けれど駄目だった。腕も脚も、まったく安岐の言うことを聞かない。

「はううっ」

快楽を覚えたばかりの肉環をこじ開けられ、神原の長い指が這入り込んでくる。ぞくぞくっ、と背筋に官能の波が走った。

「ほら、もう素直に呑み込んでいく……。いい子だね」

「ふ、あ…っあ…っ」

ゆっくりと中を押し開きながら、ちゅぷちゅぷと音を立てて指が動かされていく。神原の指に肉洞の壁を撫でられると、弾けるような快感が湧き上がった。もう我慢できない喘ぎが、どんどん口から零れていく。

「あ、あっ、こんな…あ…っ、んっんんう……っ」

「こっちも触ってやるからな」

「ああ、はあぁっ！　う…っだ…めっ」

柏木の手が安岐の肉茎を握《にぎ》り込み、濡れそぼったものを扱き立ててきた。神原が優しくソフトに触れてきたのと対照的に、柏木は容赦《ようしゃ》なく刺激を加えて追いつめてくる。

「前と後ろ、同時にされるの好きだろ」

「ああっ、そんなっ、それ…っ、ん、や…ぁああっ……！」

柏木の言う通りだった。肉茎と後孔を一度に責められると、身体の中から異なる快感が生まれて、それがひとつになって全身を駆け巡っていく。安岐はもう快楽に抗うことも出来ず、何度も背を反らせてソファの上で身悶《みもだ》えた。両手は彼らの腕を縋《すが》るように摑み、時折、ぎゅうっと握りしめられる。

「あ、は、ま…また…っ」

何度目かの絶頂の予感に、腰が浮き上がった。

「イく時は何て言うのか、さっき教えただろう？　ちゃんと言いなさい」

神原の声が耳の奥を舐める。安岐は濡れた唇を震わせ、沸騰《ふっとう》する思考の中で言葉を垂れ流した。

「あ、い…イく、イきますう…うぅっ…！」

「――上手だよ」

ちゃんと言えたご褒美《ほうび》とばかりに、肉洞の中で指が、くっと曲げられる。弱い場所を捏ねられ、下腹の奥で蕩《とろ》けるような刺激が生まれた。

「じゃ、俺も。先っぽサービスしてやる」

柏木の指の腹で、鋭敏《えいびん》な先端《せんたん》の粘膜《ねんまく》をねっとりと撫で回される。

「――く、ひぃぃ…いっ、あん、あっ、あぁああ……っ!」

極みを迎える度に快感が大きくなっていく。そのことに怯《おび》えながらも、安岐の肉体と心は確かに興奮していた。素面《しらふ》に戻った時に死ぬほど後悔《こうかい》するとわかっていながらも、彼らの巧みな指の愛撫に溺《おぼ》れていく。そうして安岐がやっと解放されたのは、それからも何度かイかされた後だった。

目覚ましのアラームが鳴り響く。部屋の中で目を覚ました安岐は、そこが自分の寝室であることに気がついた。カーテンの隙間《すきま》から漏れる僅《わず》かな光に、昼間の気配を感じ取る。スマホを手に取りアラームを止めてから、今日が休日であることに気づいた。身体がやけに怠《だる》い。もう一眠りしようか、と思ってから、ふいに昨夜《ゆうべ》の記憶が一気に脳内に広がった。

「――――っ」

身の置き所のない羞恥に身体が熱くなる。

あれは夢ではないのか。

だが、体内に残る微《かす》かな違和感《いわかん》が、あれが現実で起こったことだと知らしめていた。安岐はゆっくりと起き上がるとベッドを降り、寝室を出てリビングに続くドアを開けた。室内の照明は落とされ、家の中はしん、と静まりかえっている。安岐の他に人の気配はない。どうやら彼らは帰ったようだ。

安岐はソファに視線を向け、そこに昨夜の形跡《けいせき》がないかどうか恐《おそ》る恐《おそ》る目を凝《こ》らす。だが合皮のソファには何の汚れもなかった。その代わりに近くのダストボックスに使用済みのティッシュがいくつも丸めて捨ててあるのが目に入る。

昨夜、このソファで柏木と神原に卑猥《ひわい》な行為をされ、安岐はひどい痴態《ちたい》を晒《さら》した。何度達したのかも覚えていないが、相当に、はしたない真似をしてしまったように思う。おそらくそのまま気を失うようにして落ちてしまった安岐を、彼らは後始末をした後で寝室まで運んでくれたのだろう。

あんなに強引だったくせに、最後まで面倒はきちんと見てくれたのか。

(何であんなことになってしまったんだろう)

いきなり目の前に現れたストーカーに、安岐はひどく動揺していた。そのストーカー対策に、恋人のように振る舞おうと提案してくたのは彼らだった。そこから、恋人ならセックスもしてみないかという話になって――――。

だが結局のところ、昨夜は最後まで至らなかった。男同士のセックスに対して抵抗感を示す安岐に、それなら触るだけだと言って、彼らは安岐の身体に触れてきたのだ。

本当に触るだけだった。ただし、身体の中まで触られたが。

「いったい、どんな顔して会えば……」

額《ひたい》を手で覆《おお》って、これからも彼らと会う気でいることに自分で驚《おどろ》く。

普通はあんなことをされたら、もう二度と会いたくないと思っても不思議《ふしぎ》ではないものだ。されたことが嫌だったかと聞かれれば、そうだと答えるのはためらいがある自分に気づく。恥ずかしかったが、嫌悪《けんお》がある行為ではなかった。もともと好感を抱いていたし、昨夜のことで嫌いにはなっていないようだ。

(とにかく、うだうだしててもしょうがない)

半ば無理やり自分に言い聞かせ、安岐は普通に過ごすことに決めた。シャワーを浴び、簡単なブランチを作ってキッチンのカウンターで食べる。ソファで食べなかったのは、やはりなんとなく意識していたからだ。

外はいい天気だったが、またあのストーカーが待ち伏《ぶ》せしていたらと思うと、外出する気にもなれない。まだ身体は怠かったし、結局その日は夕方までベッドでごろごろしていた。せっかくの休日だというのに、もったいないことをする。夕方の六時を過ぎた頃だったろうか。安岐のスマホに着信があった。画面を見てギクリとする。神原からだった。出ようかどうか迷《まよ》って、安岐は通話のボタンをタップする。

「――――もしもし」

『寝ていたかな？　寝起きの声だね』

「……あ、少しウトウトしていただけで」

何を普通に話しているのだろう。けれど、昨夜はよくもあんなことをしてくれたなと責めるのも違う気がした。だがそれはそれで、少し気まずい。

『夕食は？』

「まだですけど」

『それなら、外に食べに行かないか？　いい感じのバルがあるんだ』

「え、でも――」

安岐が一瞬言いよどむと、彼は続けて言った。

『俺と大和が一緒にいたら、あいつも手出しはできないと思うけど』

神原は安岐が外に出たがらない理由もわかっていたのだ。そんなふうに言われてどこかホッとする。不安な気持ちを理解してもらえた、そう感じた。我ながらちょろすぎるだろうとは思ったが。

『それに、もしもまだこのへんで見張っているのなら、俺達が親密《しんみつ》な関係だっていうことをアピールできると思うけどね』

確かにそうかもしれなかった。いい加減、付き纏《まと》われるのは勘弁《かんべん》して欲しい。それくらいなら、彼らとつき合っているように見られるのは、やぶさかではなかった。

実際がどうであれ。

「……わかりました」

『じゃ、三十分後に一階のロビーに降りてきて』

「はい」

そう言うと通話が切れた。安岐はベッドから降り、クローゼットを開けて服を選び出す。どこか心が浮き立っていることに気がつかない振りをしながら。

「よ」

「こんばんは」

「やあ」

きっかり三十分後にロビーに降りると、品良く塗《ぬ》られた焦《こ》げ茶《ちゃ》の柱《はしら》の前で、男二人が安岐を待っていた。

「すみません、お待たせして――――」

「大丈夫大丈夫。じゃ行くかあ」

柏木がひらひらと手を振ってエントランスに向かう。外に通じる大きなドアを開けると、秋の乾いた風がひゅう、と吹き付けてきた。昨日はこのあたりであの男に遭遇《そうぐう》した。思わず固くなると、柏木が安岐の肩を、ぐいっと抱き寄せてくる。

「――――」

「平気だから」

短く告げられた言葉にふっと力が抜けた。反対側から、神原が、ぽんっと背中を叩《たた》く。それだけで安心してしまった。昨夜《ゆうべ》、彼らに何をされたのか忘れたわけではないのに。

「肉好きか？」

「はい」

「期待していいぜ。今から行くとこ、なかなかいい肉出すから」

そう言われると、安岐は自分が空腹であることに気づく。そう言えば昼間はろくなものを食べていなかった。

連れて来られた店はそれなりに年期の入った、渋い内装の店だった。決してお洒落《しゃれ》というわけではないが、落ち着けそうなところだ。

彼らは店の常連らしく、店員と親しげに会話をしている。その後に案内されたのは奥まった個室だった。

「この方が気兼《きが》ねなく食事できるだろう？」

神原はそう言ったが、彼らと三人だけの空間というのは、なんとなく落ち着かなかった。こんなところで何もないとは思うが、昨日の行為を否応にも思い出させる。

「今日のお勧めは？」

「こちらの、リブロースのグリルの盛り合わせなんかどうです？」

「いいね。じゃそれと、こっちのチキンのやつも」

「大和、雛月君に野菜も食べさせないと」

「あ、そうだな、じゃサラダと野菜のキッシュも」

「雛月君も食べたいものあったら、遠慮なく注文して」

「あ、はい」

促《うなが》されて慌《あわ》ててメニューの中からカルパッチョをオーダーする。程なくすると、ドリンクが運ばれてきた。

「じゃ、カンパーイ」

柏木の声でグラスが突き合わされるのを、安岐は頭に疑問符《ぎもんふ》をいっぱいに浮かべながらそれでも彼らにならった。変に緊張《きんちょう》していて喉が渇いていたらしく、レモンサワーが喉に心地よい。

料理はどれも美味しかった。お勧めの肉の盛り合わせは瞬《また》く間になくなり、同じものが追加注文された。

「この店、なかなかだろ？」

「ええ、前を通っていたのに、気がつきませんでした」

「看板が小さいからね。最初に見つけたのは俺なんだけど、大和のほうが先に店の人と仲良くなった」

「コミュ力の違いだよな」

「調子がいいの間違いだろう」

ぽんぽんと応酬《おうしゅう》される言葉を前にして、やはり息の合っている二人なのだと思う。安岐も最初は彼ら二人がつき合っているのだと思っていた。蓋《ふた》を開けてみれば、まったく違っていたどころか、欲の矛先《ほこさき》は安岐自身に向けられたわけだが。

だが安岐自身もこの状況にだいぶ慣れてきた。というか慣れざるを得ない。異様な状況だが、多分、彼らには安岐を弄《もてあそ》ぶだけのつもりはないのかもしれない。彼らが安岐に細かく気を配っているのがわかるからだ。それが、どんな感情から来るものかは今はわからないが。

「ストーカーの件、色々気を遣ってくださって、ありがとうございました」

食後のコーヒーが運ばれて来た頃、安岐は改まって彼らに告げた。

とりあえず、そこは感謝しておくべきだろう。あそこで彼らが現れなかったら、どうなっていたかわからないのだから。

「警察には?」

「まだ……、本当は今日、行こうと思ったんですけど、なんとなく外に出る気になれなくて」

正直言って、安岐は警察には期待していなかった。自分が女だったらともかく、男が同性にストーキングされていると言ったところで、積極的に動いてくれるとは限らないだろう。

「まあ、それはそうだ。けどやっぱり届けたほうがいいよ。明日、警察署《けいさつしょ》に行こう。タクシーで行けばすぐだ」

「わかりました。行ってきます」

神原に促されて頷いた。

「俺らもついていってやるよ」

「ええ? でも、そこまでしていただくわけには……」

「責任あるからな」

柏木の言葉に、安岐は一瞬言葉を止める。

「手出したら、ちゃんと面倒みねえと」

いったいどういう意味なのだろうか。安岐は腹をくくると、柏木を正面から見据《みす》えた。

「昨夜、なんであんなことしたんですか」

ただの遊び、欲望の発散、そして考えにくいことだけれど、好きになってくれたから——。

安岐は自分がそのうちのどれを期待しているのか、考えないようにした。

「可愛いから。そう言ったはずだけど？」

「でも、ああいうやり方は……」

「俺の間違いでなければ、君もまんざらではないように感じたけど？」

神原の言葉に、ぐっと詰まる。

「誤解しないで欲しいんだけど、ああいうことをしたのは君だけなんだ。俺達お互い、好みは違うからね」

「俺はロリ顔の巨乳が好きで、こいつは清楚《せいそ》系がタイプ」

「俺は女性じゃないんで、女性の話をされても困ります」

安岐は憮然《ぶぜん》と言い放った。

「まあ、そうか」

「一理あるな」

そこで彼らが素直に頷いたので、安岐も面食らってしまった。

「いいじゃん、お前はお前で。ロリ顔じゃねえけど可愛いし。どっちかって言ったら清楚系か？」

「しかし色気がダダ漏《も》れてる時があるぞ」

「だな。エロいよな」

「……ですから！」

安岐はこれまで、自分が彼らのことをスターかヒーローのように憧《あこが》れていたことを疑いたくなる。

「もういいです。どうせ理解できないし」

彼らの思考や行動原理は、安岐の推測《すいそく》できる範囲から外れたところにある。二人とも非凡《ひぼん》な才能の持ち主で、凡庸《ぼんよう》な勤め人の自分が持っている型には嵌《は》めようがなかった。

「そんなこと言っていいのか？」

柏木がにやりと笑った。テーブルの下から手が伸びてきて、安岐の太腿をつうっと指でなぞる。

「！」

びくり、と身体が震える。たったそれだけで、安岐の頭の中に昨夜の出来事が一気に思い起こされた。

「理解できても、できなくても、俺達はお前のこと離すつもりはないぜ？」

「ど、どうして……」

少しは強気な表情を纏ったつもりだったが、それも無駄《むだ》だった。テーブルに置いた手には神原の手が重ねられ、指先で指の間をそっと撫でられる。途端に背中がぞくぞくと震えた。

「や、やめ…」

「そうやって、すぐにぐずぐずになってしまうところがたまらないんだよ」

扉《とびら》一枚隔《へだ》てた向こうから、陽気《ようき》な笑い声や話し声が聞こえてくる。すぐ側でこんなことをしているのを知られたらどうしようと、心臓が早鐘《はやがね》を打った。

「こ、こんなところで」

「じゃあ、場所を移動しようか」

「またお前の部屋でいい？」

安岐はうっかりと彼らのペースに乗ってしまったことを後悔《こうかい》した。自分のことをストーカーから守ろうとしてくれたのは本心なのかもしれない。けれどあまりにも大きな下心を、彼らは隠そうともしないのだ。

「今日は指だけじゃなくて、雛月君の全身にキスしてあげよう」

「昨日より、もっと気持ちよくなれるぜ」

嬉《うれ》しいだろ？　と囁かれて、顔がカアアッと熱くなる。冗談ではない、嫌だと言って席を立ち、さっさと一人で帰ってしまえばいいのだ。何も押さえつけられているわけじゃない。こんな手はすぐに振り払ってしまえる。

「――――…」

それなのに安岐は、その場に縫《ぬ》い止められてしまったように動けないのだ。

じゃあ帰ろう、そう言って腕を取られて立たせられる。その動きに、安岐はまるで魅入《みい》られたように従順に動いていた。


間接照明だけの寝室は、夜になるとほのかな明かりに照らされる。それは前の住人だった伯母のセンスだった。

その柔らかな光に、安岐の裸体が照らされている。脱がされた服がベッドの周りに散っており、シーツには深い皺《しわ》が寄っていた。

「ん、んっ…ん」

安岐は二人の男にのしかかられている。唇を神原に吸われ、奥でビクつく舌を引きずり出され、思う様吸われている。こんな淫《みだ》らなキスはしたことがなかった。

「はあっ…、ア」

上顎《うわあご》の裏を舐め上げられると、身体中がぞくぞくしてわななく。一頻《ひとしき》り口の中を犯すように

「雛月君の舌はとってもおいしいね」

頭の中がぼうっとして、彼が何を言っているのかよくわからない。でも、多分いやらしいことだろうというのはわかった。すると今度は反対側を向かされ、柏木に深く口づけられる。

「あんっ…うっ」

「ほら、ちゃんと舌、出して」

従う必要なんかないのに、安岐は濡れた舌を彼の前に差し出した。すると舌先が伸びてきて、くちゅくちゅと音を立てて絡ませられる。

（これ、やらしい）

自分がしている淫らな行為に、興奮で神経が焼き切れそうになった。

「あっ、あっ！」

胸の先に痺れるように快感が走る。神原が胸の突起を舐め転がしているのだ。昨日は指で虐められたそれは、今日は舌先の愛撫で征服《せいふく》される。

「こんなに尖って、固くなってすごいね」

「ようし、俺も舐めてやるか。…ああ、根元からぷっくり膨《ふく》らんで、いやらしいな」

「あ、ア、言わな…っ、ふぁ、ああ…っ！」

快感を覚えたばかりの乳首を、それぞれ違う男に舐められている。左右で微妙《びみょう》に違う快感を蹂躙《じゅうりん》された。

与えられ、安岐はシーツを摑んで喉を反らした。

「んあぁ、ああ……ああっ」

「気持ちいいか？」

わかっているくせに、彼らはどうしても安岐の口から言わせようとする。

「んん…ぁ、い…っ」

転がされ、吸われ、捏ね回されて、小さな突起はかわいそうなほどに刺激され、快感を与えられた。舌先で弾かれるように虐められると、断続的な快感が背中を走り抜ける。

「可愛い乳首だね。とても敏感で素直だ。たくさん虐めてあげようね」

軽く歯を立てられ、安岐は、ああっと嬌声《きょうせい》を上げて仰け反った。少し無体《むたい》を働かれるほうが感じるのだと知られてしまって、柏木にも同じようにされる。

「や、ん、あっ！」

がくん、と下肢が跳ねた。股間の肉茎はすっかり勃ち上がって、透明《とうめい》な愛液を先端から零している。そこにも早く触って欲しかった。

「あ、あ…あ、もう、そこ、ばっかり…っ」

「だって乳首大好きだろうが。なんかここだけでイけそうだなあ」

「チャレンジしてみようか？」

神原の言葉は、安岐に向けられたものなのか、それとも柏木に向けられたものなのかよくわからなかった。だがその直後、両の乳首に加えられる愛撫がより濃厚《のうこう》で執拗《しつよう》なものになった。

「んん、あああっ」

そっと舐め転がされたり、強く吸われたり。どんな刺激が来るのか予想もできず、身体中に広がっていく快感に震えが止まらない。腰の奥がきゅうきゅうと疼き、哀《あわ》れな胸の突起は二人の唾液で濡れそぼち、てらてらといやらしくぬめった。

「あ…く、あ、あっ、あっ…！」

乳暈の周りを焦らすように舐めまわされたかと思うと、ふいに突起に舌を絡められて吸われる。

「あっ…ん、あぁあ…っ、それっ…！」

「腰が震えてるよ」

「乳首でイけたら、ご褒美やるからな」

ご褒美とやらも、きっと卑猥《ひわい》なことに違いない。けれどそう思うだけで、身体は勝手に燃え上がっていくのだ。

「く、あっ、い、イきたくな…っ、あう、んんっ」

身体の内側から官能の大波がせり上がってくる。きっともうすぐ、自分は呑み込まれてしまうだろう。そう思うとどうしようもなく興奮した。乳首を責められていると、触れられてない股間のものにまで、はっきりとした快感が走る。それなのにもどかしさは募《つの》っていった。

「雛月君、乳首と陰茎の神経は繋《つな》がっているらしいよ」

「こっちもピクピクしてるし、ぐちょぐちょに濡れてるから、もうすぐにイっちまうだろうな」

男達は勝手なことを言いながら、安岐の胸の突起を執拗に弄《もてあそ》ぶ。

「ああ、あっ！」

腰に痙攣が走った。もう駄目だ、と思いながら奥歯を噛みしめる。身体の中で快楽を溜め込んだ袋がとうとう破裂《はれつ》して、極みが全身に広がっていった。駄目になってしまいそうな気持ちよさにあられもない声が漏れる。

「んんあっ、あぁあんん～～っ」

自分から出た雌《めす》の声に羞恥を感じるも、我慢ができなかった。明らかに昨日よりも堪《こら》え性《しょう》がなくなっていっている。そして理性が頽《くずお》れるのも早かった。

「あ、は、ああっ……」

ようやっと男達が胸の突起から口を離してくれた。過剰に可愛がられてしまったそれはじんじんと疼いて、まるで別の性器のように勃ち上がっている。

「可愛い」

神原に、ふっと息を吹きかけられ、たったそれだけでびくびくと震えてしまった。

「ふぁ、ああっ…」

こうなってしまうと、安岐はもう快楽に抗うことはできなかった。まだ理性が残っているうちは流されるまいと誓《ちか》っているのに、彼らに同時に触れられると途端に肉体が溶け出す。そしてそんな安岐を見て、彼らは喜んでいるようだった。

「乳首気持ちよかったか？　もう立派な性感帯だな」

「あっ、ああ…っ、も、触らな…っ」

柏木に指先で、くにくにと転がされると泣きそうなほどに感じてしまう。安岐が身を捩ると、脚の間で肉茎が、ふるるっと揺れた。

「そろそろ、こっちを可愛がってあげないと」

神原がそう言うと、両脚を左右から大きく広げられる。安岐の恥ずかしいところは、すっかり彼らの前に剝《む》き出しになってしまった。双丘の奥の窄《すぼ》まりさえ、ひくひくと蠢《うごめ》いているのが見えてしまう。

「やっ、ああっ…」

それほど強く押さえつけられているわけではない。恥ずかしいのなら脚を閉じればいいだけなのに、ちっとも力が入らなかった。それどころか後ろが、きゅううっと締まり、尻がシーツから浮き上がってしまう。どう見ても誘《さそ》っている格好だった。

「もっとして欲しいのかな。エッチだね」

「っ、ぅあ、あ…っ」

こんなにされてしまったら、もう我慢できない。肉茎に触れられないままで乳首でイかされ、安岐のそそり立つものは、早く虐めて欲しいと涙を流している。

「おね、がい、だから、もうっ……」

「何？　ちゃんと言ってごらん」

「なるべくエロい言葉を使ってな」

やはり許してはもらえないのだ。安岐は観念《かんねん》して目を閉じると、興奮のままに身体の望みを口に出す。

「っ、俺の、――に、いやらしいこと、いっぱいしてくださいっ…、たくさん、虐めて欲し……っ」

卑猥な言葉を吐き出す度に、どんどん興奮が高まっていくのを感じる。もうどうなっても構わないと思った。二人の男に同時に嬲られているという行為が安岐を昂《たか》ぶらせている。

「よく出来たね。それじゃあ、いっぱい気持ちよくしてあげないと」

「安岐が泣いても喚《わめ》いても、よがらせてやるからな」

神原が脚の間に陣取《じんど》った。そうして安岐の股間に頭が沈《しず》んでいく。その光景から目が離せない。

「んあ…っ、あああぁあんん…っ！」

次の瞬間、腰骨が灼けつきそうな快感に支配された。神原の口に含《ふく》まれた安岐の肉茎が、肉厚の舌に絡みつかれて巧みに吸い上げられる。待ち望んでいた快感を与えられて、安岐は耐えきれずに啜《すす》り泣く。

「あひ、あっ、あっ！」

　神原の舌で裏筋《うらすじ》を擦られ、先端のくびれまで舌で舐め回された。下半身全体が甘く痺れる。安岐は眉根《まゆね》をぎゅっと寄せ、悦楽《えつらく》に表情を蕩けさせた。

「スケベな顔になってんなあ」

　そんな安岐の頬《ほお》を、柏木の舌が舐め上げていく。

「気持ちいいのか？」

「うんんっ、あっ、きもち、いい…っ！」

　正直に口走った安岐に、柏木は優しく笑いかけた。

「そっか。じゃあもっと気持ちよくなろうな」

　柏木の手が安岐の両手首を掴み、頭の上で一纏《ひとまと》めに押さえつける。そして露わになった柔らかい脇の下の肉を、れろりと舐め上げた。

「ひう、ぅぁあんっ…！」

　敏感すぎる場所に舌を這わされ、安岐はめいっぱい喉を反らせる。反対側の脇下のくぼみにも指が這い、くるくると撫で回された。くすぐったいはずなのに、異様な快感が体内を突き抜ける。

「あ、あ――っ、あっ」

もうとっくに絶頂に達しているほどの刺激なのに、未《いま》だにそれが訪れない。神原の指で肉茎の根元を押さえつけられているからだった。だから吐精ができない。

「はう、あぁぁア…っ、ゆ、ゆるして、それっ、あああ……っ、だ、出せな…いっ」

「もっと愉《たの》しんでごらん。イく直前が一番気持ちいいだろう?」

「っ、あっ、あひ…っ」

身体が快感で爆発しそうだった。根元で精をせき止められ、ぱんぱんに充血して勃起した肉茎に、いやらしく舌が這い回る。手の中でびくびくと跳ね回るそれが可愛らしいと言って、神原は強く弱くそれを吸った。その度に、脚の付け根に不規則な痙攣が走る。

「脇の下もたまんねえだろ?」

「んんあぁ…っ、あ、あはぁあ……っ、い、いく、イく…っ、きもちいぃ…っ」

柏木に脇を虐められる度にも、全身にぞくぞくと快感の波が起こった。

「安岐が俺達を受け入れるまでに、目一杯《めいっぱい》いやらしいこと教え込んでやるからな。最高に気持ちいい状態で処女《しょじょ》を奪ってやる」

そんな。これよりもまだ気持ちのいいことなどあるのだろうか。

もう耐えられないと思っているのに、安岐の肉体は彼らの淫らな責めを受け入れさせられる。真っ赤に紅潮《こうちょう》し、頰を随喜《ずいき》の涙で濡らした安岐は何度もかぶりを振り、もう出させて欲しいと哀願する。

「出したら、次はここを躾《しつ》けるよ」

先端を舌先で舐めながら、神原はヒくつく後孔をそっと押した。

「それでもいいい？」

「あううっ……！　いい…っ、だから、もうっ、あぁぁあ…っ」

「そうじゃないだろう？」

小さな蜜口に舌先を捻《ね》じ込まれ、まるで稲妻《いなづま》に打たれたような快感が走る。

「ひいいぃ…っ！」

「もっと適切な言葉があるはずだ」

神原の厳しい指摘《してき》に、安岐は泣き喘いで必死に考える。彼らが喜ぶような、卑猥な言葉を。

「お、尻を、尻の孔を…、躾けてください…っ、ここに×××が入って気持ちよくなれるように……っ」

これでいいのかわからない。けれど今、安岐が言える精一杯《せいいっぱい》の淫語だった。だが、どうやらそれで合格したようだ。

「いいよ。我慢した分、すごいのが来ると思うから、覚悟してね」

肉茎の根元を押さえつけていた指が解かれる。その瞬間に忘れかけていた射精の感覚が、カアッと込み上げてきた。それは途方もない大きさに育っていて、安岐は「あ、あ」と怯《おび》えたように喘ぐ。そして神原の口の中で、じゅううっと音を立てて吸われた時、腰の奥で快感が爆発《ばくはつ》した。

「ん、あ、ああっ、────〜〜っ！　〜〜っ！」

声にならない悲鳴じみた嬌声が、反った喉から漏れる。折れるのではないかと思われるほどに背中を反らせ、安岐は神原の口の中に白蜜を弾けさせた。狭い精路を蜜が勢いよく通り抜けていく感覚は、死ぬほど気持ちがよかった。

「んあぁぁあ、ああぁ────…っ、は、あ、くううう……っ！」

がくんがくんと揺れる腰を押さえつけられる。頭の中が真っ白に染まり、しばらくの間、何も考えられなかった。


「…あ…っあああぁあ…っ」

安岐はシーツの上に四つん這いにさせられ、腰を突き出していた。

双丘の間にたっぷりとローションを垂らされ、柏木に後孔に指を挿入されて中を嬲られている。彼は最初からこうするつもりで、ローションを持って来ていたらしい。

「昨日よりずいぶん慣れたな。やっぱり才能あるよ、安岐」

「……あ、んっあっ」

何の才能なのかは、考えたくもなかった。けれどたった二日でこんなに淫らにされてしまったのは、彼らのせいなのか自分のせいなのか。

「あ、そこ…っ」

「んん？　ここな」

「ふあぁっ、ああんん…っ」

柏木の指で弱い場所を捏ねられ、安岐は蕩けた声を上げた。彼が二本の指を動かす度に、ぐち、ぐちゅ、という音が漏れ、溢《あふ》れたローションが内腿を伝って落ちていく。

「安岐の中、熱くて狭くて、俺の指をぎゅうぎゅうに締めつけてくるぜ。この中に挿れたら、気持ちいいんだろうなあ」

「あっ、あっあっ！　んんぅぅ…っ」

中でくにくにと動く指がたまらない快感を伝えてきた。責められているのは後ろだけではない。神原の指が前のものを握り、優しく扱き立てている。もう片方の手の指先で戯《たわむ》れに乳首を転がされたり、背中をなぞられたりされて、ひっきりなしに喘がされていた。

「は、は…っ、あ…っ」

「次はいよいよ俺達のものを挿れさせてもらうよ。楽しみだね、雛月君」

「んあ、あっあっ」

この次はいよいよ本当に犯されてしまう。それを想像して、安岐の後ろがきつく締まった。

「期待して興奮してんのか？　可愛いな」

「あぁぁあっ」

小刻《こきざ》みに中を擦られ、一際《ひときわ》強い快楽に貫かれる。両腕から力が抜けて自重を支えることができなくなった。肘《ひじ》をシーツにつけてしまい、腰だけを高く上げた恥ずかしい格好になる。

「どうした、イきそうか」

「あっ、あっ…、なか、が…っ」

快楽を覚えてしまった安岐の肉洞が、絶頂の予感にひくひくと悶《もだ》えた。中での極みは快感が深く重く、理性をまるごとこそぎ取られそうな感じになる。指でさえそうなのだから、男根を挿れられてしまったら、どうなってしまうのだろう。

「よしよし。今日もこっちでも何回かイこうな」

「今度は焦らさないから、思い切りイっていいよ」

「――――あ！」

内部で動く柏木の指の動きが、ねっとりとより淫猥《いんわい》なものになる。弱い場所を集中的に擦られ続け、下腹の奥で快感がうねった。

「あ、イく、イきますっ…う、んん、あぁぁ――――…っ！」

柏木の指を締めつけ、背中を、くんっと反らしながら安岐は極めた。神原の手の中に白蜜が弾ける。

「い、イってるっ…、あっ、ま、またっ…！」

達している最中にも指での虐めは続き、そのせいでまた絶頂へと追いつめられた。肉茎も擦り上げられ、前後を一度に責められて、安岐はどうしようもなく身悶える。

まるで火達磨《ひだるま》のように身体を燃やしながら、男達の前戯《ぜんぎ》で正気を失うほどに感じさせられるのだった。

「雛月《ひなづき》、なんかお前、最近感じ変わったか？」

　オフィスで仕事中に、急に隣《となり》の席の同僚《どうりょう》からそんなふうに言われ、安岐《あき》は無言でそちらを見た。

「なんだ、急に」

「いや、なんか週明けから思ってたんだけど、こう……、ちょっとアンニュイっていうか、セクシーっての？　なんかあったか？」

「……気のせいだろ。別に何もないよ」

　そう言って、安岐は目線をモニターの画面に戻す。目は表の中の数字を追っていたが、心拍《しんぱく》数《すう》が緩《ゆる》やかに速くなっていた。

　週末に繰《く》り広げられた淫行《いんこう》。知らなかった快楽《かいらく》を教えられ、安岐はこれまでの価値観が塗《ぬ》り替えられるような気持ちだった。あまりに衝撃的《しょうげきてき》な出来事は、もしかしたら安岐の何かを知らないうちに変えてしまったのかもしれない。肉体的にも、まだ気《け》だるさが残っていた。同僚が指摘《してき》したのはそれが原因か。

「なんか、女の子が夏休み中に色々済ませて、休み明けに雰囲気《ふんいき》変わった、みたいだよな、今の会話」

　自分で突っ込んで笑う同僚に、安岐も努力して作り笑いを浮かべた。実際はまさしくその通りだったたからだ。

まだ最後まではしていないけれども。


『駅まで迎《むか》えに行くから、帰る時に連絡してくれ。一緒にいれば安心だろう』

夕方、神原《かんばら》からそんなメッセージを受け取り、安岐は驚《おどろ》いて返信した。

『そこまでしてもらわなくても大丈夫です』

『この間はエントランスに入るところで襲《おそ》われたろう。恋人がそんな目に遭《あ》うことはもう避《さ》けなければならない』

彼からの返信を見てどきりとした。

(恋人って)

ストーカー男の目を欺《あざむ》くために、柏木《かしわぎ》と神原に恋人の役をやってもらった。その後で本当につき合うことにしようと言われて、それならセックスもしようということになり、あれよあれよという間にそういった行為をしてしまった。正確にはまだ最後まではしていないが、あれはもうほとんどセックスのようなものだろう。逆にあの行為がそうでないというのならなんなのか。

本当に俺とつき合っているつもりなんですか。

そう返そうとしたが、やめた。話が込み入りそうな気がする。仕事がまだ終わっていない。

『すみません。じゃあお願いします。帰る時にまた連絡します』

『了解。待ってるよ』

彼らとの先週末の行為を思い出し、安岐は落ち着かない気分になる。

本当に、どういうつもりなのだろう。

けれど彼らが安岐に本気なのだとは、どうしても思えなかった。彼らは遊び慣れていそうだし、あれもきっとプレイの一環《いっかん》なのだ。

――嫌じゃないって思っている俺も俺だけど。

されたことは、恥ずかしかったが気持ちよかった。この先どうなるんだろうという興味も、ないといえば嘘《うそ》になるだろう。

（割り切ってしまえばいいのかな）

多分、きっとそうだ。

男同士だし、別にたいしたことじゃない。憧《あこが》れていた人達に気持ちよくしてもらって、セフレみたいなものだと思えばいい。期待せずにいれば、きっと傷つかずに済む。

そんなことを考えているうちに、就業時間終了のチャイムが鳴った。今日は他に片付けなければならない案件もない。

（よし、帰るか）

デスクを片付け、立ち上がる。同僚に飲みに行かないかと誘《さそ》われたが、丁重《ていちょう》に断って会社を後にした。


「やあ、お疲れ様」

「…ありがとうございます」

神原は駅の中のコーヒーショップで安岐を待っていた。

「お仕事していたんですか？」

「そう。外でやるほうが集中できる時もあるし」

神原はパソコンを閉じて席を立つ。

「実は三時くらいからここで仕事してたんだ。だから何てことないんだよ」

彼はそう言ったが、安岐に気を遣わせないための言葉ともとれた。もう一度ありがとうございます、と言って、二人で店を出る。マンションまでは、ここから十分もかからない。

「買い物していっていいかな」

途中のスーパーマーケットを指して彼は言った。

「あ、はい。もちろん」

神原について中に入り、自分も買い物をしようとカゴを手にする。神原と一緒になって肉やら牛乳やらを選んだ。

「俺はいつもこの牛乳」

「あ、俺も一緒です」

「コクがあっておいしいよね」

そんな、たわいもない会話が楽しい。彼がチョコレートやクッキーをカゴに放り込んでいるのを見て、意外に甘い物が好きなのだと思った。

「甘い物食べるのって、やっぱり脳のブドウ糖のためですか？」

神原のような頭脳労働者は、思考するためにブドウ糖をとるのだと聞いたことがある。最近はタブレットになっているものもあるらしい。

「まあ、それもあるけど、単に好きだからだよ」

「へえ」

「雛月君はこういうの食べないの？」

「自分で買ってまで食べようとは思わないですね。あれば食べますけど」

そう言いつつ、ついつい神原につられて、新商品のチョコレートを手にとってしまった。

「今、忙《いそが》しいですか」

「まだ大丈夫だよ。あと少ししたら締め切りが近くなるけど。……どうして？」

「……先週末、一緒だったから」

顔を赤くして、口籠《くちご》もりながらそう告げる。柏木もそうだが、彼らはほぼ二晩を安岐の部屋で過ごしたのだ。

神原はくすりと笑う。

「気遣いさんだね」

「どうして神原さん達が、俺なんか構うのかよくわかりません」

亡くなった伯母《おば》と親しくしていたから？　だからと言ってあそこまでするだろうか。

「それとも、遊んでるつもりなんですか。おもちゃのつもりで」

安岐の反応がおもしろくて悪ふざけをしている。そちらのほうがまだ信憑性《しんぴょうせい》がありそうだ。

だが神原は安岐の言葉にふう、とため息をつく。

「自分の価値や魅力《みりょく》がわかっていないのかな？」

「別に、俺なんか凡庸《ぼんよう》でしょう。……女優さんとかと比べたら」

「彼女達からしてみたら、俺こそがつまみ食いだよ。それに君は彼女達とはぜんぜん違う。もっと興奮《こうふん》する」

最後にさらっと際《きわ》どいことを言われたような気がした。思わず彼のほうを見ると、神原は知的に整った顔に悪い笑みを浮かべてみせる。

「雛月君は自分のことを凡庸と言うが、あの面食《めんく》いの大和《やまと》が可愛いと言うくらいには美人だし、何より独特の色気《いろけ》がある。これは身につけようとしても身につけられないものだよ」

「……なんですか、それ」

「ここで言っていいものかな」

にっこりと笑う神原に、安岐は肩を竦《すく》めてやめておきます、と答える。買い物客でにぎわっているスーパーで聞くことではないのだ。それにおそらく、ろくなことではあるまい。

「雛月君は俺達のことを未《いま》だ拒絶《きょぜつ》してない。それは少なくとも君に受け入れたいという気持ちがあるからだ。違うかな?」

「……」

安岐は答えられなかった。神原の言う通りだったからだ。パスタを選ぶ振りをして、神原から視線を逸《そ》らす。適当にカゴに入れたパスタはいつもとは違うものだった。けれどそれすら認《にん》識《しき》していない。

「終わった?　会計しようか」

「あ、はい」

神原は何事もなかったような口調で安岐を促《うなが》し、二人はレジを通る。そのまま買い物袋を下げて帰路につくまで、どうでもいいような会話をした。けれど安岐の心はそれどころではない。

「じゃあ、また」

エレベーターが安岐の住むフロアに止まると、神原はそう告げた。次に会う時は、きっとまた抱かれてしまうだろう。それも今度は、最後までされる。彼らは準備期間を設けて、安岐の身体を拓《ひら》いていったが、それは身体だけではなく、気持ちの上でも覚悟をしておけということだ。

「――――」

締まる扉《とびら》の前で、安岐は神原に無言で頭を下げた。

それから一週間ほどは『何もなかった』。

神原と柏木は安岐のことを交代で駅に迎えにきている。忙しい彼らに申し訳ないと何度も固《こ》辞《じ》したのだが、彼らは自分たちが勝手にやっていることだからと言って譲《ゆず》らなかった。

「ありがたいと思ってます。でも俺もいい加減、心苦しいんですよ」

商店街を歩きながら、安岐はぼやくように言う。

今日の迎えは柏木だった。彼は連載《れんさい》を持っていて、こんなことをしている時間などないはずだ。

「スケジュールは遅れてねえから平気だぜ」

「それでも、こんなことして大和さん達に、いったい何の得があるんですか？」

「得う？」

彼は上を見て少しだけ考える様子を見せると、やがてにやりと笑った。どこか子供っぽい笑みが、女達を夢中にさせるのだろう。愛憎《あいぞう》が募《つの》って思わず刺《さ》してしまうほどに。

「安岐の安全が守られる。そして俺達の心の平穏《へいおん》も守られる」

「俺のこと、本当に心配してくれているのはわかりました。でも多分もう平気です。あれから全然姿を見せないし」

ストーカー男は、柏木と神原が最初に安岐を守った日から一切《いっさい》現れなかった。彼らの狙《ねら》い通り、男がついたと思って失望したのかもしれない。

「それはわかんねえだろ。俺らがいるから手を出して来ないだけかもしれねえし」

「……そうかもしれませんけど」

「お前、ちゃんと狙われてるっていう自覚ある？　もしかして捕まってひでえことされるかもだぜ」

「大和さん達みたいにですか」

ちょっとした意趣《いしゅ》返しのつもりだった、だが。

「俺らは欲望だけじゃねえもん」

そんなふうにしれっと返されてしまって、安岐は面食らってしまう。

「だとしたら、最初の時点でお前のこと、さっさと最後まで犯《おか》してるはずだろ」

「好きだって言うんですか」

「うん」

あっさりと肯定《こうてい》され、カアッと顔が熱くなった。

「なんで、そんなふうに…」

「手間暇《てまひま》かけて喰《く》らうくらいには、お前のこと大事に思ってるよ」

人目を忍《しの》んで耳元で囁《ささや》かれて、心拍数《しんぱくすう》が上がっていく。こんなふうに彼らが安岐に囁く声には、いつも翻弄《ほんろう》されていた。行為の最中の卑猥《ひわい》な言葉も、今みたいな優しい響《ひび》きも。

「でも、そろそろ全部もらおうかと思ってる」

神原もそんなことを言っていた。

「今週末、部屋に行くから」

「……っ」

エントランスを通り抜け、エレベーターの中で言われ、安岐は言葉が返せない。

「楽しみにしてて」

五階に着いた。ドアが開いて、安岐はエレベーターを降りる。閉じていくドアを思わず振り返った時、ひらひらと手を振っている柏木の姿が見えた。

そう言えば、送ってくれた礼を言うのを忘れていた。そのことにハッとしながらも、安岐の目の前で分厚い鉄の扉が閉じていった。

（まだ、火曜日）

週の初め、安岐はそわそわと落ち着かない気分だった。

彼らは相変わらず、駅で待っていて安岐と一緒にマンションまで帰ってくれる。そのことに恐縮《きょうしゅく》しつつも、どうやら彼らが今週末に、安岐を最後まで抱くつもりなのだということを意識せずにはいられなかった。

それでも、帰り道では彼らと何気ない世間話を繰り返している。神原も柏木も、外面では下心などなにも持っていないようにも見えた。

（いや、心配してくれているのは本当なんだ）

そうでなければ、交代とはいえ毎日迎えにきてくれるはずもない。外で会う彼らは優しくて、まるで兄のようで、行為の時に言葉と愛撫《あいぶ》で追いつめてくる人物とは、とても同じには思えなかった。

そして水曜日、木曜日と日にちが進む。

安岐は自分が次第に落ち着かなくなっていることを自覚していた。

週末には抱かれる。それがわかっていながら、逃げようともしていない。それどころか待ちどおしくさえ思っている。

(俺は望んでいるのか)

あの羞恥《しゅうち》と快楽《かいらく》。最中は許してくれ、と哀願《あいがん》しているのに、少し身体を放っておかれただけで、肉体の芯《しん》に熱がくすぶっている。

あの人達のことは、確かに好きだ。けれど、いきなり強烈《きょうれつ》な体験をさせられ、思慕《しぼ》も肉欲もよくわからないままに追いつめられて、自分でも自分の感情の判断がつかない。この気持ちが純粋《じゅんすい》な恋慕《れんぼ》なのか、それとも欲望なのか。そもそも、安岐は恋愛とは一対一でするものだと思っていた。そこからしてもう、色々と違う。

けれど時間は容赦《ようしゃ》なく流れる。金曜日の夕方。安岐が駅に降り立つと、そこには柏木と神原の二人が待っていた。

「お仕事、お疲れ様」

「楽しい週末がやってきたぜ」

「あ…ありがとうございます」

二人同時の登場に戸惑《とまど》いながらも、礼を告げて頭を下げる。

「飯食ってから帰ろうぜ」

「この間の店でいいかな？　雛月君も気にいったみたいだから」

「はい、構いません」

彼らに連れられ、以前、三人で食事したバルに行った。予約してあったらしく、前回よりもスムーズに個室に通される。

「雛月君、ワインは？」

「いただきます」

神原に深紅色《しんくいろ》の液体を注《そそ》いでもらい、口に含《ふく》む。芳醇《ほうじゅん》な香りと共に心地《ここち》よい渋《しぶ》みが広がった。

この店は酒も料理もうまい。余計なことは考えないで、今は食事を楽しもうと思った。

「あまり飲みすぎないようにな。泥酔《でいすい》されても困るから」

「っ」

そんなことを言われ、思わずむせそうになる。

「大和こそ、景気づけなんて言って、勃《た》たなくなるほど飲むなよ」

「俺がそんなヘタこくわけねえだろ」

和《なご》やかな空気だと思っていたのに、やはり彼らはしっかりと、この後のことを意識しているようだった。逃げるつもりはないが、やはり逃げられない。改めてそう思うと、安岐は身体の芯が、きゅうっと引き絞《しぼ》られるような感じがした。

安岐の部屋に着くと、彼らは上着をソファの上に放り投げ、シャワーを借りていいかと尋ねてくる。

「ど、どうぞ」

「それとも先に入る？」

「俺は後からでいいです」

こんな会話をごく普通に交わしているのは、やはりおかしいのだろうか。落ち着くことのない心臓の鼓動《こどう》を持て余しながら、安岐の順番になったので浴室に入る。なんとなくいつもより念入りに身体を洗った後、時間をかけて髪を乾かして出た。すると、すぐに腕をひっぱられて寝室に引きずり込まれる。

「あ……っ⁉」

「焦らしてるつもりか？」

「雛月君も、そんな手管《てくだ》を使うようになったんだね」

気がついた時にはベッドに仰向《あおむ》けになっていた。視界を二人の男に塞《ふさ》がれている。

柏木に唇《くちびる》を塞《ふさ》がれた。嚙《か》みつくように唇を合わせられた後、無遠慮《ぶえんりょ》に舌を差し込まれる。敏《びん》感《かん》な口腔《こうこう》の粘膜《ねんまく》をねっとりと舐《な》めあげられると、肩が震《ふる》えた。柏木に舌を吸《す》われている間、神原が太腿《ふともも》を撫《な》でてくる。

「ち…違、んんっ」

（始まったんだ）

いよいよすべて捕食《ほしょく》されてしまう。その不安と怯《おび》えは、安岐の興奮をかき立てた。感じやすい上顎《うわあご》の裏を舐められ、腰が蠢《うごめ》く。

「はっ……、はっ」

「エロい顔してんな」

自分がどんな表情をしているのかわからない。けれどそれとわかるほどにいやらしい顔をしてしまっているのだろうか。羞恥が全身を包み込んでくる。すると、神原に部屋着のズボンを脱《ぬ》がされた。

「あっ」

「ここ、もう熱くなってるよ」

「ふ、ぅっ…うんっ」

下着の上から股間《こかん》を大きな手で包み込まれてしまう。そこは確かに神原の言う通り、熱を持って固くなり始めていた。興奮している証拠《しょうこ》を暴《あば》かれて脚を閉じようとするが、逆に大きく割り開かれてしまう。続けて柏木の手が上着を脱がせてきた。

「わかってんだろ？　……今日は挿《い》れるからな」

「お尻《しり》がどれだけ準備できているか、確かめようか」

「えっ…、あっ！」

下着を引き下ろされてしまって、安岐は思わず身を捩《よじ》ろうとした。だが、男二人に押さえつけられてびくともしない。

「はい、大きく開いて」

「や、嫌だ、やっ！」

腰を持ち上げるように両脚を開かれた。恥ずかしいところすべてが外気に触れる感覚がする。いきなり許容量を超える羞恥を与えられてしまって、後孔がわななくように蠢いた。

「期待しているみたいだね。ひくひくしてる」

「ふっくらしてて、柔《やわ》らかそうじゃん」

「触ってあげるからね」

神原の指が押し広げられた窄《すぼ》まりに触れ、そうっと撫で回してくる。くすぐったいような、じん、とする感覚に襲《おそ》われた。

「あっ、あっ、ゃんんっ……」

「じゃ、俺はこっち」

「んんっ⁉　ああっ」

柏木は後孔から前方へと続く会陰に指を這《は》わせてくる。そんなところが性感帯になるとは知るよしもない安岐は、そこをゆっくりと押された時に湧《わ》き起こる、ずくんっとした感覚に取り乱してしまった。

「…っう、ふ、ぅあ、あぁ…っ」

　後ろへの刺激で前方の肉茎も勃ち上がってくる。悪戯《いたずら》に息を吹きかけられ、安岐はその度に声を上げ、ぴくぴくと下肢《かし》を震わせた。腹の中が煮《に》えるように疼《うず》く。いつまでも入り口ばかりしか触ってこない指に焦《じ》れてしまう。

「やっ、あっ、ゆ、指…っ」

「うん？　指で触られるのが嫌？」

「そ…じゃ、な…っ」

　熱い波が込み上げてきて、思わず腰を浮かせた。おそらく彼らは、安岐が自分で言わなければ望むものをなかなか与えてくれないだろう。それはこれまでの経験から嫌というほどわかっていた。

「ゆ、び、なかに…っ、なか、さわっ、て…っ」

「ちゃんと言えるようになったね。いいよ」

「……あっ、あくぅうっ」

　神原の長い指で肉環をこじ開けられる。中に入ってきたそれが、熱く収縮《しゅうしゅく》する内壁を押し開いていった。

「ひ、ひぁああんっ」

　驚くほどの快楽だった。これまで指や舌で丹念《たんねん》に愛撫《あいぶ》されてきた安岐の肉洞は、もう立派に快感を得る器官として変えられてしまっている。それを思い知らされ、動揺と混乱、そして激しい興奮に襲われた。

「ここが気持ちいい？　すごく熱くて、絡《から》みついてくるよ」

「ふっ、んうっ、んんんっ、……あ、い、い…っ」

もっと、もっと擦《こす》って欲しい。奥のほうまで貫《つらぬ》いて欲しい。そんな欲求がこらえきれないくらい湧き上がってくる。

「あっ、あああっ、そ、それっ……」

そして安岐を乱れさせるのは、神原の指だけではなかった。会陰をマッサージするように押してくる柏木の指戯も、どうしようもない快感を連れてくる。

「ここの奥のほうに気持ちいい場所があるんだと。外側から刺激されるのもいいだろう？」

「んっ、んっ、あっ、くぅう…んっ」

微妙《びみょう》に異なる悦楽《えつらく》に翻弄《ほんろう》され、安岐の全身がしっとりと汗《あせ》ばんだ。肌が紅潮《こうちょう》し、胸の上にある突起も尖《とが》ってくる。肉茎の先端《せんたん》から愛液が零《こぼ》れ、薄い下生えを濡《ぬ》らして後ろまで垂《た》れてきた。

「雛月君は、すごく濡れやすいんだね」

「感じやすくてエロい。可愛いな」

「……っ、ああ、あ…っ！」

そんなふうに言われただけで感じてしまって、中にある神原の指を締めつける。くちゅ、くちゅ、という密《ひそ》やかな音が、弄《いじ》られる秘部から聞こえてきた。

「そろそろローション足せよ」

「そうだな」

そんな会話が聞こえて、肉環がこじ開けられるように広げられる。

「ううっ」

指の間からとろりとしたものが体内に流れ込んできた。おそらくローションだ。

「たっぷり使って、痛くないようにしてやるから」

肉洞にとろみのある液体を注がれ、更《さら》に内壁を擦られると、背筋《せすじ》が粟立《あわだ》つほどの快感が込み上げてくる。そこから響《ひび》く淫猥《いんわい》な音も先ほどとは段違いだった。

「んあっ、あっ、ああっ！」

「一度指だけでイかせてあげるからね」

神原の指が、中の特に弱い場所を押し潰《つぶ》してくる。その途端《とたん》、思考が白く濁《にご》るほどの快楽が押し寄せてきた。

「ふああっ！　んぁ、あ、あ…っ！」

下腹をひくひくと波打たせ、安岐は後ろで達してしまう。触れられてもいない肉茎から白蜜が、びゅるびゅると弾《はじ》けた。

「もうすっかりここのよさを覚えちまったな」

「…あっ、ふ…っ」

後ろだけでイってしまうと、頭の芯がじんじんと霞《かすみ》がかったようになる。けれど腹の奥の疼きは治まらなかった。

「じゃあ、いよいよ本番いくか」

神原の指が抜かれ、柏木が両脚を抱え上げる。ちらりと俯《うつむ》くと、柏木のものが見えた。それは悠々《ゆうゆう》と天を仰《あお》いでいる。

（あれが、俺の中に）

指とは比べものにならない太さと長さに、怖《お》じ気《け》づきそうになった。けれど今更《いまさら》逃げられない。不安そうな安岐の前髪を神原がかき上げてくれた。そのまま唇を重ねられて優しく舌を絡ませられる。

「……ふっ、んんん…っ」

その甘美さに、安岐は恍惚《こうこつ》と喉を鳴らした。昂《たか》ぶりのままに舌を吸い返し、身体の力を抜く。するとそれを見計らったように、柏木の男根が挿入《そうにゅう》された。

「……っんん、んあぁぁあ……っ」

口づけから逃《のが》れて、思わず喉《のど》を反らせる。柏木のものは慎重《しんちょう》に、しかし躊躇《ちゅうちょ》なくずぶずぶと音を立てて入ってきた。よく慣らされた肉洞は苦痛を覚えることなく、柔軟《じゅうなん》に長大なものを受け入れる。

「あ、あううう……っ」

「…すげえな。熱烈に絡みついてきて、奥へと引きずり込まれそうだ」

柏木は額《ひたい》に汗し、感《かん》に堪《た》えない、というように首を振った。安岐はどうしていいのかわからず、ただ口をはくはくとさせている。

「痛いかい?」

「……っ」

神原に問われ、痛くない、とかぶりを振った。

「いた、くな…けど、何か、へん…っ」

「どんなふうに?」

「お腹が、あつくて…っ、きもち、い…っ」

おそらくこの時点で、安岐はまともな思考をすることが難しくなっていたのだと思う。快楽を得ていることを男達に伝えてしまい、彼らはうっそりと微笑《ほほえ》んだ。

「痛くねえなら、遠慮《えんりょ》はいらないな」

「んん、あうっ」

柏木に中をずうん、と突かれ、思わず短い悲鳴を上げる。僅《わず》かに残っていた圧迫感《あっぱくかん》やら異物感などが飛んでしまい、そこには純然《じゅんぜん》たる快楽だけが残った。

「はっ、ひっ、あっ、あっ」

律動《りつどう》を開始した柏木の男根に中を擦り上げられ、たまらない愉悦《ゆえつ》が全身を侵《おか》す。

「こっちも触ってあげよう」

「ああぁあん…っ」

神原の指が安岐の肉茎に絡みついた。優しく淫《みだ》らに扱《しご》き上げられて、悦楽に顔が歪《ゆが》む。

「雛月君は、前と後ろをいっぺんにされるのが好きなんだろう?」

「あっんんっんんっ、……う、ん…っ、す、き…っあ……っ」

神原の言う通りだった。前後を同時に責められると、頭の中がぐちゃぐちゃにかき回されるような感じがする。それほどに気持ちがいいのだ。おまけに今は、指よりももっと凶悪《きょうあく》なもので中を突き上げられている。欲しかった奥まで届く快楽は、身体がどろどろと熔《と》けていきそうなくらいだった。

「……あ――……っ、アっ、そこ、いぃ……っ」

「うん…? ここか?」

いい、と口走った場所を柏木の張り出した部分でごりごりと抉《えぐ》られ、安岐は背中を大きく仰《の》け反《ぞ》らせて喘《あえ》ぐ。

「あんんっあっあっ」

「よしよし。イイところ、うんと可愛がってやるからな」

柏木はそう言って安岐の中を探るような、腰を回すような動きに変えた。内壁を余さずかき回すように刺激されてしまい、内腿《うちもも》に不規則な痙攣《けいれん》が走る。

「うぁぁあ…っ、やっアっ…、そんな、そんな…っ、あっ、前、は…っ」

神原に扱かれる肉茎もびくびくと震えていた。先端の割れ目を指先で擦られると、中の柏木を締めつけてしまう。そして次第に、柏木の抽送《ちゅうそう》が大きく、大胆《だいたん》になっていった。

「は、ひっ、あっあ――んんっ！」

腰の奥から来る愉悦がだんだんと大きくなる。柏木を包み込み、締め上げる媚肉にも、時折《ときおり》痙攣が走った。

「安岐…っ、イきそうだろ」

「あっんっ…っ、う、ん、い、イく、も…っ」

「ああ、俺ももう保たねえよ」

柏木の動きが貪《むさぼ》るようなものになり、安岐は追い上げられていった。それとは反対に、性感を撫でるように優しく触れてくる神原の愛撫もたまらない。とてつもなく大きな波に、頭から呑《の》み込まれていく。

「あっ、イくっ、あっ、あ――――――！」

「ぐっ……！」

柏木が低く呻《うめ》く声が聞こえた。それと同時に、肉洞の中に熱い飛沫《しぶき》が叩《たた》きつけられる。中を濡らされる感覚に背筋がぞくぞくと震え、安岐は寝室に絶頂の声を響かせた。

「あぁぁぁぁ…っ、〜〜っ」

指の先まで甘い痺《しび》れに侵される。身体がふわふわと浮くようだった。

「はっ、ひっ……」

「ああ…、すげかった」

柏木が満足げなため息をついた後、自身をずるりと引き抜く。その感覚にすら感じて腰を震わせた。

「気持ちよかったか?」

紅潮した頬《ほお》を撫でられ、まだ呆然《ぼうぜん》としたまま頷《うなず》く。すると安岐の上体が神原によって抱き起こされた。力がほとんど入らなくなっていた安岐は、彼に身体を預けることになってしまう。

「お尻を上げて。……できる?」

「ん……っ」

それでもできる範囲で協力すると、腰を後ろから抱き抱えられ、濡れた双丘の狭間《はざま》に熱く硬いものが押し当てられる。

「今度は俺のものを挿れるよ。神原のものだ。そう、力を抜いて……」

「っ、あ……っ」

たった今、犯されたばかりの場所に、新たな男根が捻《ね》じ込まれる。再び押し開かれる感覚に腰が何度も跳《は》ね上がった。

「あん、あ……っ」

気持ちがいい。また奥まで突いてもらいたい。そんな欲求が込み上げてくるのを止めることができなかった。

神原は自身を根元まで挿れてしまうと、そのまま後ろに座り込む。すると安岐は自重で、神原のものをもっと深くまで呑み込んでしまった。

「あああ、あ〜〜っ！」

脳天まで突き抜けるような快感に、我を忘れてしまいそうになる。神原の肩に後頭部をもたせかけ、仰け反った肢体をひくひくと震わせていた。

「奥、感じる？」

「あ、ふう、んん……っ、か、感じ、る…っ」

神原の先端が最奥のどこかに当たる度に、それだけで身体がどろどろに蕩《とろ》けてしまいそうな快感に襲われる。

「あ、だめ、そこ、だめぇ……っ」

「この奥は、まだとっておいてあげるよ。楽しみにしておいで」

譫言《うわごと》のように、喘ぐ安岐の耳元で神原が囁いた。まだこの先がある？　いったい何が？

そんな考えも長くは続かなかった。安岐は両脚を背後から持ち上げられ、大きく開かれる。

「すげえ眺《なが》め」

「んあ…っ！」

神原を深く咥《くわ》え込んだ後孔と、濡れてなお、そそり立つ肉茎が柏木の前に露《あら》わにされた。恥ずかしさに身を捩る間もなく、背後の神原が律動を始める。

「っ、あっ、はあっ、ううっ」

ろくに身動きのできない状態で下から突き上げられ、甲高《かんだか》い声で喘いだ。すると前から柏木の手が伸びてきて、尖りきった乳首を摘《つ》まんで転がされる。

「あ、ああ…っ」

「こんなビンビンにしちまって、かわいそうにな。お前ここ虐《いじ》められるの好きなのに」

「んっ、ん…っ」

柏木の指先が乳首を弾《はじ》き、時折、押し潰《つぶ》すように刺激してくる。そんなことをされたら、すぐにイってしまいそうだった。乳首で感じる刺激が腰の奥と直結して、たまらない快感を伝えてくる。少し強めに摘ままれる度に、びくんびくんと身体が跳ねた。中にいる神原を強く締めつけてしまう。そうすると彼の形がはっきりとわかって、自分もまた感じてしまうのだ。

「ああ…っ、くうう…んっ」

後ろと乳首への無体《むたい》な責めに、安岐の肉茎が涙を流して反り返る。柏木がそれを認めて意地《いじ》悪《わる》く笑うと、安岐の股間へと頭を沈めた。

「あっ！　あ…っ、それっ、んあぁあんん…っ！」

自身を熱い粘膜に包まれ、吸われて、安岐は快楽の悲鳴を上げた。後ろをかき回されながら口淫され、頭の中が沸騰《ふっとう》しそうになる。腰骨がじんじんと痺れ、足先が宙を蹴《け》った。

「あーっ、あううう…っ、それ、だめ、いく、すぐイくうう……っ！」

前後への過酷《かこく》な責めに、泣くような声が漏れる。前を吸われ、舐め上げられながら後ろを緩《ゆる》やかに突かれて、到底、我慢できない快感が立て続けに身の内を貫いた。イキ癖《ぐせ》のついた身体は少しも堪えることができない。

「あっ、あっ！　…は、あああぁんんんぅ…っ！」

じゅううっ、と肉茎を吸い上げられた時、安岐の肢体が神原の膝《ひざ》の上でびくびくと反り返った。柏木の口内で白蜜が弾ける。極《きわ》めた時、内部の神原を強く締め上げた。

「…っ素敵《すてき》だ、雛月君、とても気持ちいいよ」

「ああっ、ああっ…」

耳元で低く囁かれ、首筋に震えが走る。柏木は安岐の放ったものをすべて飲み込んでしまったらしく、舌先から白蜜を滴《したた》らせながら口元を拭《ぬぐ》った。前で達しても、後ろはまだ終わらない。

「あぅうんっ、～～っ、あはあぁあ…っ」

下からの突き上げが激しくなり、安岐はあられもない嬌声《きょうせい》を上げた。一突きされる毎《ごと》に、さっき柏木が中で出したものとローションが混ざり合って、ぐちょん、ぐちょんという卑猥《ひわい》な音がする。

「やあ、やだぁあ…っ、おと、恥ずかし…っ」

よがりながら羞恥に泣くと、神原はさらに音を響かせるように大きく突き上げてきた。

「ほんとだ。すごくいやらしい音がしてるね」

「お前が男のもんを、必死に咥え込んでる証拠《しょうこ》じゃねえ？」

彼らに言葉でも煽《あお》られ、身体が羞恥で燃え上がりそうだった。けれど、それよりも大きな興奮が追いかけてくる。

「あっ、あっ、うしろ、イくっ……、また、イくっ、〜〜〜〜っ」

「っ——————！」

下腹の奥が快感に灼《や》けつく。背後で神原が息を詰める気配がした。体内で膨《ふく》れ上がる愉悦が、とどめの一突きで爆《は》ぜる。

「————〜〜っ！　あぁ————〜〜っ」

安岐が達した時、内奥で神原の精が弾けた。たっぷりと内壁を濡らされ、安岐はまたイッてしまう。

「ふうう、んんっ」

下腹をわななかせた時、正面にいる柏木が口づけてきた。立て続けに極めて惚《ぼ》けた頭で、安岐もまた夢中になって彼と舌を絡める。

「…っ、あ……っ」

ゆっくり、ゆっくりと波が引いていく。二人の手が労《いたわ》るように安岐の身体を撫でていた。その感触が気持ちよい。

「――よかったよ。素晴らしかった。予想以上だ」

「これで、お前の処女《しょじょ》は俺達がもらったからな」

汗ばんだ肢体がとさりとシーツの上に横たえられた。冷たいペットボトルの飲み口を唇に当てられ、安岐はそれをこくこくと飲み下す。

「正気に戻ったかな?」

神原に指先で頬を叩かれ、次第に頭が冴《さ》えてくるのがわかった。それとともにもの凄《すご》い羞恥が押し寄せ、安岐は力が入らない身体でベッドから降りようとする。が、それもすぐに捕まえられてしまった。

「こら、どこ行こうとしてるんだ」

「離して」

「ダメだよ雛月君。少なくとも朝までは離してあげられない」

その言葉に安岐はぎょっとする。

「ま、まだ、する…?」

「当たり前じゃん」

柏木に片脚をぐい、と持ち上げられた。

「今やっと、本格的なセックスを覚えたばかりだろ？　もっともっと気持ちよくしてやるから」

「あっ、やっ……！」

柏木が綻《ほころ》んだ肉環を指で押し開くと、ぐぽ、という音とともに二人分の体液が溢《あふ》れ出てくる。

「こんなにぐちゃぐちゃになっといて、これからが本番だろうが」

「こっちもまだ、たくさん虐《いじ》めてあげないとね」

何度も白蜜を放った肉茎を神原に握《にぎ》られ、扱かれる。達したばかりで敏感になっている身体に過剰《かじょう》な快感が襲いかかった。

「ああっ…、あ――…」

だが、もう抗《あらが》えない。ほんの少し快楽を与えられただけで、抗おうとする気力すら熔けてなくなってしまう。

再び身体中を這い回る愛撫の手に、安岐はひっきりなしに喘ぎながら、肌を震わせて受け入れるしかなかった。

「はいこれ」

手渡されたプラスチックのケースに入ったものが、最初は何かわからなかった。だがその中身が、男根を模《も》したモーターで動く大人の玩具《おもちゃ》であるということがわかると、安岐は顔を真っ赤にして目の前の男達を見る。

「いや実はこれから、俺もこいつも忙《いそが》しくなるんだよ。二週間ほどだけど」

初めて最後までしてしまった次の日、安岐の部屋を辞するタイミングだった。

「浮気をするならそのバイブと、ということだね」

「な…、な」

安岐は絶句《ぜっく》してしまう。

「こんなもの、必要ないです」

「身体が疼く時に必要だろ」

「疼かない」

「そんなわけはないと思うけどね」

諭《さと》すように告げる神原の言葉に、安岐は思わず目を逸《そ》らした。

昨夜《ゆうべ》の体験は凄《すさ》まじく強烈《きょうれつ》なものだった。初めて男根を受け入れた夜は一度では終わらず、朝まで何度も行為を繰り返した。最後のほうはよく覚えていないが、それでもこれ以上はないというほどに味わってしまったということは身体が覚えている。入念に準備された安岐の肉洞は、違う男根に何度も犯され、穿《うが》たれて、これまで知らなかった快楽に溺《おぼ》れさせられた。

「こんなことを知ってしまって、これからどうしたらいいのかわからない、そう言っていたよ」

「っ」

そんなことを口走っていただなんて、まるで記憶がない。

「う…嘘《うそ》だ。そんなこと言ってない」

「嘘でもいいけど、それはこれからわかるんじゃねえ？」

そう言われてなお、突っぱねることは今の安岐には出来ず、その淫具のパッケージを受け取ってしまった。

「雛月君、もしよかったら、それを使う時は動画を撮って俺達に送って欲しい」

「は…⁉」

「仕事終わるまでは来れねえけど、もし送ってくれたら、めちゃめちゃ頑張って仕事終わらせて、また抱きに来るから」

「勝手なことを言うな！」

安岐は思わず声を荒《あら》げていた。そんなこと、自分は絶対にしない。自分から恥《はじ》を晒《さら》すようなことを誰がするものか。安岐はそう、本気で思っていた。

「お前の自由にしていいよ。それはもう、安岐のだから」

「好きなように使ってくれ」

男達はそう言うと身支度を調え、ぽん、と肩を叩いて出て行ってしまった。向こうで玄関のドアが閉まる音が聞こえる。

「――……っ」

どうしたらいいかわからなくて辺りを見回すと、ベッドの端《はし》にローションのボトルが転がっているのが目に入った。きっとわざと置いていったのだ。

「――絶対にしないからな！」

安岐は捨て台詞《ぜりふ》のように吐き出すと、手にした玩具の箱をそのボトルに投げつけた。


彼らは本当に忙しいらしく、それから一週間の間、連絡すらして来なかった。駅までの迎えも、これまでの様子で一旦《いったん》は大丈夫だと判断したらしく、一人で帰ることになった。それについては、本当に心苦しく思っていたのでホッとしている。けれどそれと同時にどこか寂《さみ》しく感じているところもあって、そんな自分が少し浅ましいと思った。口では悪いと言いつつも、彼らが心配してくれていることが、やはり嬉《うれ》しかったのだろう。

柏木と神原は、安岐にとって特別な存在となってしまった。彼らは有無を言わさずに安岐の生活に入り込んできて、足跡《あしあと》を残していった。安岐の心の部屋の合鍵《あいかぎ》を強引にもぎ取っていってしまったようなものだ。

――けど、俺はどちらがより好きなんだろう。

自分たちの関係を何というのかはよくわからないが、『つき合う』というからには、一対一の形に収まるのが普通ではないだろうか。

(けど、すでにもう普通ではないような気がするしな……)

会社の昼休み、近くのベーカリーのサンドイッチをかじりながら、ぼんやりとスマホを見ていると、近くで女子社員のお喋《しゃべ》りが聞こえてきた。

「そう言えば、経理の吉沢《よしざわ》さん、彼氏と大変らしいよ」

「どうしたの？」

「二股《ふたまた》かけてたんだって。それで半年くらい二人とつき合ってたとか」

「へえ、すごい」

「ていうか、普通に身体保《も》たないでしょ、それ」

声が密《ひそ》やかになって、彼女達は意味深に笑った。それを聞いて、ぐっと喉《のど》が詰《つ》まりそうになる。

(これって二股になるのか⁉)

けど、最初から二人で来たのは向こうのほうだ。安岐は悪くないはずだ。多分。

だが、いずれはどちらかを選ばなくてはならないのだろうか。そう思うと、途端に胸が苦しくなって、ペットボトルの烏龍茶《ウーロンチャ》をあおる。

最初に知り合ったのは柏木のほうだが、神原もまた、安岐のテリトリーにするすると入ってきた。柏木の陽気《ようき》さと軽快《けいかい》さは見ていて心地《ここち》いいし、神原の落ち着いた佇《たたず》まいと深い声は、森の中にいるようにリラックスさせてくれる。

(俺ってこういう奴だったっけ)

こんな、いいとこ取りをする、欲張りな人間だったろうか。あんなことまでして今更《いまさら》だが、そんなことを考えてしまう。彼らは自分からどちらかを選べと言ってきたことはないが、いざその時が来たら、自分はちゃんと答えられるだろうか。

「あ、やば、もうすぐ昼休み終わる！」

女子社員達がガタガタとテーブルから立ち上がる気配がする。その音にハッとなった安岐は、慌《あわ》てて残ったサンドイッチを口に押し込むのだった。

会社で仕事をしている時はまだよかった。気をとられるべきは仕事のことだし、オフィスにいると余計なことを考えずにいられる。

だが、家に帰り一人でいると——どうしても、あの夜のことを思い出してしまう。

初めて男を受け入れさせられた夜。いや、あの夜でなくとも、彼らは安岐の肉体に丁寧《ていねい》に快楽の種《たね》を植え付けて、養分《ようぶん》と水をやった。それが花開いたのが先週末のことだ。

食事と入浴を終え、早々に寝室に入って寝てしまおうと思った。だが、ベッドの脇に放り投げられたものが目に入ってしまう。

透明《とうめい》なパッケージに入った、卑猥《ひわい》な玩具。

「……」

安岐はしばらくそれを見つめていた。身体は動いていないが、頭の中では様々な感情がせめぎあい、嵐《あらし》のように葛藤《かっとう》を繰り返している。そして肉体の芯《しん》がじんわりと熱くなり、次第に火で炙《あぶ》られているようにじりじりと燃える。空調は快適なはずなのに、じわり、と背に汗が浮かんだ。

ベッドの上から手を伸ばし、そのパッケージを手にとってみる。見れば見るほどグロテスクな色と形だ。

パッケージを開封《かいふう》して手に取ってみると、本物を模した手触りにどきどきする。

——何してるんだ、俺。

頭の中でそんなふうに声がしたが、安岐の指は機械的に玩具に電池を詰めていった。スイッチとおぼしき部分をスライドさせると、いきなり手の中のものがブウン、と動いて、びっくりして落としてしまう。シーツの上に落ちたそれは、振動《しんどう》しながら先端をくねらせていた。

「……っ」

喉が上下する。腰の奥で内奥がひくりと蠢くのを感じた。思わず漏《も》らした吐息は濡れていて、熱い。

安岐は部屋着の下を脱ぐと、玩具を手に横たわった。いきなり挿れようとしても無理な気がして、振動するそれを後孔の入り口にそっと当ててみる。

「うっ」

入り口からツキン、という刺激が生まれた。それは肉環を痺《しび》れさせ、徐々に中のほうまで届いてくる。

「っ…、ふ…あっ」

安岐はもっと強く玩具を押し当てた。すると下腹の中まで快感が響いて、思わず腰が跳ね上がる。

「んんぁっ」

はあ、はあと息が乱れた。ローションの存在に気づいて、蓋《ふた》を開けると、それを掌《てのひら》にたっぷりと出す。安岐はそれを玩具と自分の後孔の両方に塗《ぬ》りつけた。なんだか変な気分になる。そして両脚を大きく開き、玩具の先端で後孔の入り口を撫で回すように動かした。

「あっはっ、あぁ…あっ」

もう片方の手で前方の肉茎を握り、扱く。

（やっぱり、前と後ろ、一緒にすると、いい）

間接照明に照らされた室内に、モーターの音とくちゅくちゅという音、そして喘ぎ声が響いた。

「や、う、まえ…っ、ぬるぬる、して……っ」

安岐の先端はたちまち濡れ、愛液を零している。それがローションと混ざり合い、ひどく淫《いん》猥《わい》な音を立てていた。玩具を押し当てている後孔は、ひっきりなしに収縮《しゅうしゅく》し、中の媚肉をも悶《もだ》えさせている。

（挿れたい）

これを奥まで挿れて、この振動で責められたら、どんなに気持ちがいいだろうか。それを思うだけで下腹がきゅううっと引き絞《しぼ》られる。

玩具を握っている安岐の手に力が込められた。振動する玩具の先端がゆっくりと肉環をこじ開けていく。

「あう、うう…っ！」

脚の付け根にぞくぞくと快楽が走って背中が浮いた。玩具は無慈悲《むじひ》な振動で安岐の肉洞を責め上げていく。

「あ…っ、あ――っ！」

一度挿入してしまうと、それはぐぽぐぽと中に入っていった。人工の男根がもたらす強烈な快感。安岐は加減がわからずにそれを締めつけてしまい、その途端、意識が真っ白になった。

「んうぅぁっ、あはぁあぁ…っ」

何が起こったのかわからなかった。稲妻《いなづま》のような快感が身体の芯を走り抜け、安岐はあっという間に達してしまっていた。

「くうっ、うっ、うっ…！」

握った肉茎の先端からびゅくびゅくと白蜜が弾ける。イっても構わずに動き続けるそれに、安岐は慌ててスイッチをオフにした。

「あっ、はあっ……はあっ…！」

絶頂の余韻《よいん》にびくびくと身体が跳ねる。あまりにも簡単に極めてしまって、安岐は呆然と荒い呼吸を繰り返していた。玩具の振動は強烈で、機械的に快感を高められてしまう。

「うっ…」

玩具を内部から引き抜いた安岐は、その基底部が吸盤型《きゅうばんがた》になっていることにふと気がついた。

「……これって」

基底部を壁に強く押しつけてみる。すると、まるで玩具が壁から生えているような状態になった。安岐は恐《おそ》る恐《おそ》るシーツに両手をつくと、尻を壁に向けてみる。すると玩具の先端が、ちょうど後孔の位置と同じになっていた。

これなら、自分で調整できるかもしれない。

「はあ……」

膝と両手をついて壁に尻を向け、玩具の先端を双丘の奥に当ててみた。そのまま咥え込もうとした時、シーツの上のスマホが目に入る。

『よかったら動画を撮って送って欲しい』

その言葉が安岐の頭に蘇《よみがえ》った。

「……」

いや、何を言っている。そんなこと、するはずがないだろう。しちゃ駄目《だめ》だ。

もう一人の自分はそう言っているのに、手は勝手にスマホに伸びていく。倒れないように立てかけて撮影《さつえい》モードにすると、恥ずかしい自分の姿が画面に映った。そのあられもない格好《かっこう》を見た時、カアッ、と全身が燃え上がる。

「あ……、さっき、初めて挿れたら、あっという間にイきました……」

自身の状態を口にすると、頭の中がぼうっとしてくる。理性がどこかへ隠れてしまい、ただ興奮のみを追いかける淫乱《いんらん》な自分になった。

「こ…これから、もう一度、挿れてみます…。また、すぐにイってしまうと思うけど、一生懸《いっしょうけん》命《めい》するので……見てください」

後孔の入り口に玩具の先端をぴたりと当てる。

「い、挿れていきます……」

震える声でそう言うと、安岐は自分の尻を壁のほうに押しつけた。玩具の先端が、ぬぐ、と肉環を押し広げる。

「う、あ…！」

腕から力が抜けていきそうだ。けれどそれを我慢《がまん》して、安岐は更に自分の中に玩具を迎えていった。

「くうう、あ、う！　は、はいって…くるっ…」

一度達した肉洞は柔《やわ》らかく解《ほぐ》れ、無機質なモノさえ呑み込んでいく。それを可能な限り受け入れてしまうと、安岐は、はあはあと肩を喘がせながら玩具のリモコンに手を伸ばした。

「スイッチ、入れます……」

ああ、こわい、と思った。きっとすぐにあの振動が襲《おそ》ってくる。けれど手を止めることはできない。彼らが見ているのだから。

ヴウン！　と玩具が安岐の中で激しく震えた。

「ああああっ！」

びくん、と身体を震わせ、安岐は大きく仰け反る。さっきより深く呑み込んだからか、振動が下腹の隅々《すみずみ》まで響くようだった。

「あ…っ、あ――…っ」

ゆっくりと腰を前後に動かすと、玩具が内壁をずるずると擦っていく。その度に身震いするほどの快感が生まれた。

「あっ、あっ、きもち…いい……っ」

これだと、自分の好きなところを刺激することができる。それに気づいて、安岐は自分でも知らぬまま、無意識に尻を揺らめかせていた。身体を支えていた両肘《りょうひじ》が折《お》れ、尻だけが高く上がった格好になる。

「ふあ、ああ…っ、あ、そこ、いい、いい…っ、んううう―っ」

玩具の先端が感じやすい場所に当たり、ぐりぐりと抉《えぐ》ってきた。そうすると全身がのたうつように感じてしまう。

「あ、いくっいくっ、またイくぅぅぅうっ」

容赦《ようしゃ》のない振動に嬲《なぶ》られて、安岐はいとも簡単に昇《のぼ》りつめた。そそり勃った肉茎から、また白蜜を弾けさせ、シーツを濡らしていく。

「あ、あっ！」

その時、壁に固定していた吸盤が外れ、安岐は玩具を呑み込んだまま倒れ込んでしまう。

「う…うっ、あっあっ…！」

倒れた格好のまま、びくびくとわななくと、力の入らない身体をのろのろと起こした。まだ絶頂が残っていて、少しでも気を抜くと頽《くずお》れてしまいそうだ。

「ああっ……」

基底部をシーツに押しつけ、安岐はその状態でゆっくりと尻を上下させる。イったばかりの媚肉を擦られて、喘ぐ口の端から唾液《だえき》が滴《したた》った。

「あっ、あっ、すご…い、いい…っ、なか、ぶるぶる、して…っ」

片手で玩具を押さえ、もう片方の手で肉茎を扱く。身体中がぞくぞくと快感に震えた。

「ひ、あ…あ、いいっ…、前も…、後ろもっ」

気持ちいい、とむせび泣き、安岐は正気をなくしたように腰を上下させる。そして何度も昇りつめるその姿を、スマホのカメラが余すところなく撮影していた。

――なんで、あんなことをしてしまったんだろう。

自分のしでかした事に安岐は戦《おのの》いていた。

彼らにもらった玩具で自慰《じい》をし、あまつさえその様子を動画に撮った。気がついたら朝になっていて、下半身丸出しで寝ていた自分の近くに、電池の切れた玩具が転がっていた。

そしてスマホだ。

慌てて確認すると、柏木と神原の両名にメッセージを送った形跡《けいせき》がある。そこに添付されていたファイルは、見なくてもわかる。

「いくら何でも、本当に送るやつがいるか……！」

会社のデスクで、思わず頭を抱えそうになった。

(何の反応もないってことは、ドン引きされたってことじゃないのか)

動画を送った後、二人からの返事は何もなかった。確かに既読《きどく》になっていたから、動画自体をまだ見ていないか、それとも見て引かれたのか――。安岐に確かめる術《すべ》はない。恐ろしくて確かめようとも思わなかった。

(俺、危なくないか)

理性を失うと、何をするかわからない。これまでそんなことはなかった。変になったのは、彼らと会って抱かれてからだった。

「雛月？」

パソコンの前で固まったように動かなくなった安岐に、隣の席の同僚が声をかける。

「どうした?」

「……あ、なんでもない、どうもしてないよ」

「なんかしでかしたのかと思ったよ」

「……大丈夫だ」

笑う同僚に、安岐も力なく笑い返す。

そう、実はしでかしてしまったのだ。


そのままその週は過ぎていった。業務のほうはまったく順調で、滞《とどこお》りなくかたがつき、金曜日はめでたく定時で上がりになる。

そう言えば、そろそろ二人の仕事も上がる頃だったか。

だが、彼らはもう安岐のところには来ないだろうなと思った。口車に乗せられて、あんな動画を送ってしまい、呆《あき》れられているに違いない。できることなら、時間をあの日に巻き戻したかった。

自炊《じすい》をする気にも外食する気にもなれず、駅前のスーパーで適当な惣菜《そうざい》を買って帰った。部屋に戻って夕食を済ませ、入浴してテレビを前にごろごろする。

週末は、一人でどこかへ行ってみようか。

ここのところ、週末は彼らといかがわしい行為をするばかりだった。けれど、もうそれもなくなるだろう。マンションの中で会ったら、どんな顔をすればいいのだろう。挨拶《あいさつ》くらいはしてくれるかな――――と、そんなことをつらつらと考えていた時だった。

部屋のチャイムが慌ただしく連打される。

「……？」

誰が来たのだろう、と玄関を開けると、そこから柏木と神原がなだれ込むように入ってきた。

「え⁉　ちょっ……！」

「やっと！　仕事終わったよ！」

「雛月君、二週間ぶり」

「え、な、なん…で？」

彼らは部屋の主の許可も求めず、勝手に上がり込んでくる。どんどん家の中を進む二人の後を追いかけるようにして、安岐は疑問を口にしていた。

「何でここにいるんですか？」

問いかけられて、彼らは不思議《ふしぎ》そうな顔をする。

「仕事が終わったからだよ」

「二週間めちゃめちゃ長かった。禁欲《きんよく》してたし。特に後半の一週間」

それを聞いてぎくりとする。安岐が動画を送ったのが、ちょうど一週間前のことだ。

「す…すみませんでした」

「ん？」

突然、謝罪《しゃざい》してきた安岐に、彼らは怪訝《けげん》そうに顔を見合わせる。

「あんなもの送って、すごく反省してます。どうかしてたんです…。あ、呆れましたよね」

「……どうして？」

神原の声に、安岐はとうとう耐《た》えられなくなり、眉《まゆ》をぎゅっと寄せた。

「あの動画見て、引いたんでしょう？　だから返事くれなかったんですよね？」

それならそうと言って欲しかった。そしたら安岐は彼らのことを諦《あきら》められた。少しは泣いたかもしれないが、それでもどうにかして忘れようとしたのに。

「ああ…、そのことか。悪い」

癖《くせ》のある髪をかき回す柏木の仕草に、胸がぎゅっとなる。

「少し誤解《ごかい》があるようだね」

「無理しなくていいです。わかってますから」

「いや、ちょっと待て。確かに何のリアクションもしなかったのは悪かったよ。けど、あの時は締め切り残り一週間で、俺らもギリギリだったんだ」

慌てたように話し出す彼らに、安岐は涙の膜《まく》の張った目を向けた。

「あそこで君と連絡をとってしまったら、絶対にそれだけでは収まらなくなる。今みたいに君の部屋に押しかけて強引に抱いていただろうね」

「……は？」

予想していなかった二人の返事に、安岐は肩透《かたす》かしをくらったような気分だった。

「じゃあ、引いていたわけでは……」

「それどころか、ありえないくらい興奮した。あれもうお宝映像だわ」

「仕事で脳のリソースが少なくなっている時に、あんな刺激物を見せられて、平常心を保つのが大変だったよ」

彼らの言葉をよく聞くと、とても勝手なことを言っているということがわかる。けれど今の安岐は、二人に嫌われていなかったということで頭がいっぱいになった。

「そ…、そう、ですか…」

そして安堵と同時に、今更ながらに恥ずかしさが湧いてくる。自分があの時、何をしてしまったのか、どんな言葉を口走ってしまったのか、思い出してしまったのだ。

「あれはもう、忘れてください！」

「なんで？」

「なんでって、ありえないですよ。あの時、俺もちょっと正気じゃなかったんです。どうかしてた」

彼らにいやらしいことをされると、簡単に理性が飛んでしまう自分が少し怖かった。今はいいけれど、そのうち本当に愛想《あいそ》をつかされてしまうかもしれない。

「自分の本性が、ほんと怖くて……」

「それこそが俺達が見たいことだよ、雛月君」

神原の手が肩にかかり、安岐はびくりと身体を震わせた。

「一目見た時からわかったんだ。この子は内側に、自分でも手に負えないほどの欲望を抱えているんじゃないかなってね」

「お前が悪いわけじゃないけど、安岐についているストーカーも、そういうとこを嗅《か》ぎつけたんじゃないかと思うね」

「そんな」

柏木は安岐が悪いわけではないと言ったが、それはお前が原因だと言われているのも同然だった。

「どうしたらいいんですか、俺」

途方《とほう》に暮《く》れた顔をする安岐に、神原が優しく微笑む。

「躊躇《ちゅうちょ》しないで、全部出してしまえばいいんじゃないかな。変に我慢するから、ただ漏れてしまうんだと思うよ」

彼らの言葉は誘惑《ゆうわく》に満ちていて、安岐はいつも引き込まれそうになってしまうのだ。だってこんなこと、どうしたらいいのかわからない。

「なあ、見せてくれよ。お前の本当の姿。動画じゃなくて、目の前で」

柏木に耳元で囁かれた。甘い官能《かんのう》が背筋に走り、安岐の身体がふるふると震える。

「震えているね。怖いの？　それとも……期待しているのかな」

わからなかった。覚えてしまった快感を味わうことを待ちわびているのか、それとも我を忘れて振る舞ってしまうことに怯えているのか。おそらくその両方なのだろう。

ただひとつわかるのは、今の状態で逃げ出すことは、安岐にはできないだろうということだ。

卑猥な動画を撮ったのと同じベッドの上で、安岐は裸に剝《む》かれ、その肌に男の手が這わせられていた。

「ああ……うう……っ」

「可愛いなあ、安岐は。ほら、もう乳首もこんなに勃ってる」

興奮で固くなった胸の突起《とっき》を、きゅうっと摘まれ、くりくりと転がされて、そこから甘い毒《どく》のような痺れが広がる。

「雛月君はここを虐められるのが大好きだものな……。たくさん虐めてあげよう」

両腕をそれぞれ頭の上で押さえつけられ、両側から左右の乳首に舌が絡められた。

「あはっ…、あっ、あっ、んぁあ…っ」

じっくりと舐め上げられたり、あるいは乳暈ごと舌先でくすぐられ、時折《ときおり》ふいに突起を咥えられる。その度に我慢できない快感が身体を貫き、安岐はびくびくと背中を反らしてよがってしまうのだ。

「や、う、うっ…、あっ、それっ…！」

「わかる？　自分の乳首がピクピクしてるの」

「んっ、んっ、あんっ、んっ…！」

こんなに小さな二つの突起が、どうしてこんなに感じるのかよくわからなかった。ぢゅうっ、と音を立てて神原に片方の乳首を吸われ、どうしようもない快感に浮かせた背中が震える。

「あ、あ、あ」

「すごく膨《ふく》らんじゃったな。エッチだね」

「やあ……あうぅう…っ」

虐められて、ふっくらと大きさを増した突起が恥ずかしくて、気持ちがよくてたまらない。

下腹がずくずくと疼き、前のものはすっかり勃ち上がってふるふると震えていた。それは乳首を刺激される度に、ぴくぴくと小さく跳ねて快感を表している。

「ここ、触ってないのに、こんなにおっ勃てて……」

「あっ、だって、……あぁ…っ」

「また乳首だけでイってしまいそうかな？　ここからいやらしい汁《しる》がびゅくびゅく出るの、見せてごらん」

「や、だ…っ、ぁ、んぁああっ」

乳首だけでイくのは嫌だと、安岐はまるで子供のようにむずがった。そこで達すると身体が変になってしまう。けれど男達はますます興が乗ったように、固く尖った突起を愛撫する。指先でくりくりと捏《こ》ねられ、押し潰《つぶ》され、胸から股間へと電気信号のように快感が繋《つな》がった。

「ふあ、あ、あああんあぁあ……っ！」

法悦《ほうえつ》が全身を駆け巡る。思わず浮かせた腰の中心にある肉茎から、どぷん、と白蜜が放たれた。腰の奥に熱を溜めたままの吐精は、身悶《みもだ》えするほどにもどかしい。

「は…、エッロ」

「よく出来たね」

「ご褒美《ほうび》やらねえと」

「ん、あっ、待っ…！」

両脚を広げられ、柏木がその間に身体を割り込ませた。何をされるのかわかってしまって、思わず腰を引く。今されたら、絶対にすごいのが来る。

「乳首だけ虐められて焦《じ》れったかったんだろ？　今たっぷりしゃぶってやるからな」

柏木の言葉に、待って、と言いつつも、安岐は確かに期待していた。そしてそんなことは、彼にももうわかってしまっているだろう。

「ああ、うう…っ、んあぁぁあ…っ」

ぬるり、という感触に全体を包まれて、自分のそれが彼の口内に咥えられてしまったことを思い知らされる。快感が腰を貫いて、両脚が勝手にがくがくとわなないた。ねっとりと舌を絡められて、ひいぃ、と泣くような声が上がる。

「あ――…っ、ああ…あぁ…っ」

「いやらしい顔をするようになったね」

よがる安岐の表情を見て、神原がそんなふうに言った。顔を隠したいのに、両手は頭の上で一纏《ひとまと》めにされていて、力が入らないので振りほどけない。

「やあ、あう、み、見ない、でっ……」

「どうして？　すごく可愛いのに。もっと気持ちよくしてあげようか」

「んん、ふあ⁉」

腕を上げているので、露わになった脇の下のくぼみに、べろりと舌を這わせられる。神原は敏感《びんかん》な柔らかい肉に、ちゅっちゅっと啄《ついば》むように優しく口づけてきた。

「ひ、あ、やあぁ…んんっ、や、やめ、それ、だめ、だめえ……っ」

くすぐったさと快感の入り交じった異様な刺激に、身を捩らせる。柏木から受ける肉茎への口淫の刺激と相まって、安岐の漏らす声は次第に高くなり、泣くように濡れていった。

「あ、ああっ、は――あ、あんっんっ、……んんっ、くあぁ…っ」

「こんなに濡らして……、ほら、もっと舐めてやるから、先っぽ好きだろ？」

柏木の舌先が先端をちろちろとくすぐる。腰骨まで痺れるような甘苦しい快感に、安岐の表情に喜悦《きえつ》の色が浮かぶ。

「あ…っ、あ…っ！」

身体中を快楽が這い回って、たまったものではなかった。脇の下の窪みは神原にぺろぺろと舐められ、指先で乳首まで転がされる。

「い、い…っ、も、い、いく……あぁ…っ」

「いいよ。思い切りイってごらん」

そう告げられた後、肉茎を強く弱く吸われて、腰を浮かせて痙攣《けいれん》させた。身体の芯が引き抜かれそうな刺激に襲われて嬌声を上げる。イく時はちゃんと声に出して。言いつけられたことを、安岐は従順に守ろうとしていた。

「ん、ふ、あっあっ、あぁんんんん――――！」

身体の芯が焦《こ》げつきそうな絶頂に見舞われる。全身をびくびくと震わせて、安岐は柏木の口

の中に吐精した。イくと一瞬息が止まりそうになる。出している時にずっと吸われ続けるのが

死ぬほど気持ちいい。

「あっ、あっ……あっ……！」

絶頂の余韻にわなないている間も、神原の指先で優しく乳首を撫でられていた。そんなふうにされると、いつまでもイくのが終わらない。

「ああ……だめ…っ、変に、なる…っ」

「変になるのはこれからだよ」

神原が何かを取り出し、安岐の目の前にそれをぶら下げてきた。さすがの安岐も、それがどんなものかだいたい検討《けんとう》がつく。

「そ、それ…っ」

濡れて滲《にじ》んだ視界の中で、ピンク色の玩具がゆらゆらと揺れていた。

「オモチャが気にいったみたいだから、違うやつでも楽しんでもらおうと思ってさ」

二つあるうちのひとつを柏木が受け取る。スイッチを入れると、それがブウン、と激しく振動を始めた。自慰をした時の感覚が蘇ってきて、ぞくん、と腰がわななく。

「今からこれで、安岐の気持ちいいとこ虐めてやるからな」

「嬉しいだろう？」

そんな。イったばかりなのに、と怯えるも、その実、安岐は確かに興奮を覚えていた。二人

の男に嬲られるという事実が、どうしようもなく肉体を熱くさせている。そしてそれは、彼らにも見透かされてしまっているようだった。両腕を頭の上で縛《しば》られ、ベッドの枠《わく》にくくりつけられる。

「少し縛らせてもらうよ。これで雛月君は、もうまったく俺達に抵抗できなくなる」

「俺達にやりたい放題されて、泣かされるけどいいよな？」

「あ、あ、やだ…っ」

口では抗っていても、ひくひくと震える身体はいたぶりを待っていた。そんな自分自身に安岐は戸惑う。いったいいつから、俺はこんなにいやらしくなってしまったんだろう。

「じゃあ上からいくよ」

男達に見下ろされ、ローターの振動が部屋の中に響いた。


「あ…っあ…っ、あ、んあぁ…っ」

ひどく感じ入っている声が自分の喉から出ている。安岐は汗に濡れた肢体《したい》を、シーツの上でひっきりなしにくねらせていた。

胸の突起にローターが当てられ、淫《みだ》らな振動で責められていた。舌や指でされるのとはまた違う刺激にじっとしていられない。

「こうやってローター当てられるの、気持ちいいだろ？」

「んんあぁ……っだ、め、あっあっ…！　そこっ…」

ふっくらと勃ち上がった乳首に玩具を当てられると、そこから身体中がびりびりと甘く痺れる。

「っ、い、いぃ…っ、あっあ…っ」

「じゃあ、これは？」

片方の乳首にぎゅっとローターを押しつけられた。

「んあぁああ」

胸の先からじゅわじゅわと快感が広がる。思わず浮かせた腰の中心で、濡れてそそり勃ったものがふるふると揺れていた。何度目かの絶頂の波が込み上げてくる。

「ああっ、いくっ、またイく…ううっ！」

全身を仰け反らせた安岐は、甘い極みに啜《すす》り泣いた。肉茎の先端からはとろとろと愛液が溢れる。

「もうずっと甘イキしてんな」

「よっぽど気持ちがいいんだね。乳首はもう完全にダメになっているな……」

「あっ、あくっぅ、も、乳首、許してっ、もう乳首でイくの、やだ…あぁ」

今日は乳首で何度もイかされてしまい、絶頂のスイッチがおかしくなってしまっていた。

「じゃあ、どこでイかせて欲しいのか言ってごらん」

神原の優しい声が恍惚《こうこつ》となった意識を捕らえる。安岐は震える両膝をおずおずと外側に倒していった。

「こ、ここで…っ」

「前で？　後ろで？」

「ど、どっちも、どっちもして、欲しい……っ」

身体の中で煮詰《につ》まった快楽が、ぐるぐると駆け回っている。早くこれをなんとかして欲しかった。

「じゃあ、今度はこっちをイかせまくるけど、いいんだな？」

「は、はい…っ、虐めて、くださ……っ」

啜り泣きながら哀願するようにねだる。意識が沸騰していて、我を忘れていた。執拗《しつよう》に責められた安岐は、肉体が望むままの言葉を口にする。

「じゃあ、たっぷり虐めてあげよう。――ほら」

「――――ア…っ」

ローターが肉茎の根元から先端までをゆっくりと撫で上げていった。その瞬間、凄《すさ》まじい快感が腰から背筋を貫いていく。

「あああぁああ」

ぐぐっ、と背中が反り返り、先端から白蜜が、どぷんっと放たれた。先ほどまでとは違い、強烈な、直接的な絶頂に頭がくらくらする。

「すごい眺《なが》めだな。このへんもうぐしょぐしょだぜ。こんなにエッチな汁出しやがって」

「あっ、あ――っ」

「ここがたまんねえだろ？」

先端の蜜口に、柏木が手にしたローターがぎゅっと押しつけられた。身体が浮き上がりそうな快感が襲ってくる。

「ひ、ぃい…ああっ、す、ご…いっ、そこ、んあぁ…っ」

腰の痙攣が止まらない。彼らは安岐の肉茎を二つのローターでじっくりと責め上げた。会陰までも何度もなぞられ、深い絶頂をまた与えられる。

「ここは蟻の門渡りとも言ってね……。ぐりぐりされると気持ちいいかい？」

「あっ、きもちいいっ、きもちいい…っ」

会陰と肉茎を同時にローター責めされるとたまらなかった。口の端から唾液が零れ、卑猥な言葉が次々と溢れ出す。もう自分が何を言っているのかよくわからなかった。後孔の中にローターを挿入されると、腹の中からも快感が込み上げる。

「ふあああっ、な、なか、もっ…」

「安岐は、もうすっかり中も気持ちいいもんな」

「ん、ふ…んっ、んあっ、ああうう……っ」

だが躾《しつ》けられた安岐の肉洞は、こんな小さなローターなどでは物足りない。早く彼らの、あの逞《たくま》しいものが欲しかった。あれを奥まで挿入され、思い切り突いてもらいたいのだ。

「い、いれ、てえ…っ、も…っ」

「入れてるけど？」

「ち、違…っ、大和さんと、神原さんの、を…っ」

ローターを入れられている後孔が、ひっきりなしに収縮している。コードがゆっくりと引かれ、ぬぽん、と音を立ててローターが体内から出て行った。

「ちゃんと言えて、えらいね」

「いい子いい子」

頭を撫でられ、褒められたことが嬉《うれ》しいと感じる。今の安岐は、もうすっかり彼らに支配されていた。それを悦《よろこ》びと思うほどに。

「では今からは、お尻を可愛がってあげよう。今日は奥まで挿れるからね」

神原に両脚を抱え上げられる。下半身をすべて晒してしまうほどのひどい格好をさせられ、ぱくぱくと開閉を繰り返している後孔に、男根の先端が押し当てられた。期待に背中がぞくぞくとわななく。

「ん、ひ、〜〜〜〜っ」

ずぶずぶと音を立てながら、それが一気に押し入ってきた。待ちわびていた肉洞を入り口から奥のほうまで一気に貫かれて、安岐は耐えられずにイってしまう。だがそんなことはお構いなしに、神原は律動を開始した。

「あ、あ——……っ、い、いっ、て、るのにぃ…っ」

「そうだね。雛月君の中がたくさん痙攣して、俺もとても気持ちいいよ」

「んっ、んうっ、んううっ」

纏《まと》いつく媚肉を振り切るように、ずん、ずん、と神原のものが奥にぶち当てられる。その度に頭の中が真っ白になるほどの快感に支配された。

「あ、ひ…ぃっ、あ、アっ、あっそこっ、そこぉ…っ！」

自分でも知らない奥の奥に、よすぎて駄目になってしまいそうな場所がある。神原の男根の先端で、その場所を優しくノックされる度に、身体がどろどろに熔《と》けてしまいそうな感覚に陥《おちい》った。

「どうした？　怖いのか？」

柏木の手が優しく髪や頭を撫でてくる。宥《なだ》めるような手つきに、安岐はつい縋《すが》ってしまいそうになった。

「や、あ、こわい、そこ……っ」

「今のお前なら平気だって。そのために俺らが今まで下準備してきたんだから。そこをぶち抜かれると、死ぬほど気持ちいいらしいぜ？」

「んん、んう…っ」

顎《あご》を摑まれて柏木に口づけられる。口内に入ってきた舌に自分のそれを絡めて夢中で吸った。その間も肉洞は犯され続けている。安岐の肉体は度を越える快感によって、ぐずぐずに蕩け、神原を柔軟《じゅうなん》に受け入れていった。そして彼の男根の先端が、とうとう安岐の最奥をこじ開ける。

「～～～～っ、ア！」

何か、今まで感じたことのない愉悦《ゆえつ》に頭から包まれた。あまりにも大きなそれをどう受け止めていいかわからず、助けを求めるように手を伸ばす。その手を柏木が握りしめてくれた。

「雛月君の奥が、吸いついてくる…、このまま君の中へ、引き込まれてしまいそうだよ…っ」

安岐の肉洞の媚肉が、神原のものに絡みつき、熱烈に締め上げていた。未知の場所で得る快感に、安岐はたちまち昇《のぼ》りつめ、降りてこられない高みで悶え続ける。

「あっ、あ――～～っ、お、ちる、いくっいくっ」

意味不明な言葉を漏らし、安岐の思考はまるごと快楽の波に攫《さら》われていった。全身をがくがくと痙攣させて、凄まじい法悦を味わう。神原が腰を動かす度に、じゅぷっ、じゅぷっ、と重たげな粘膜《ねんまく》の立てる音が響いた。

「一番奥に、出してあげよう―――」

神原も切羽詰《せっぱつ》まったように息を荒げている。安岐の最奥が、彼の精を待ち構えるようにひくひくとわななないた。

「んうあぁぁあっ、――――～～～～っ！」

どぷ、と熱いものが腹の奥にたっぷりと出される。その感覚に一際《ひときわ》大きな絶頂を迎えて、安岐は全身を大きく震わせた。頭の奥がくらくらする。指先にもろくに力が入らなくて、気がついたらシーツにうつ伏せにされていた。双丘を割られ、今度は柏木のものが入り口に押しつけられる。

「俺も奥まで受け入れてくれな…。よくしてやるから」

「ああっ、待っ、まってっ」

「またなーい」

綻《ほころ》んだ肉環をこじ開けられ、男根の先端が、ぐじゅっとめり込んできた。その途端に全身に快楽の波が走り、シーツを鷲掴《わしづか》んだ指が震える。

「あ、は、ああ……あっ」

「中、めちゃめちゃ痙攣してるじゃん……、もしかして、もうイってる？」

「あ、は、わ、わかんな…っ」

柏木はある程度まで挿れてしまうと、安岐の腰を掴んで抱え上げた。ほとんど力の入らない安岐の両腕は自分を支えることができず、腰を柏木に突き出した格好になる。その浮いた脚の

間のものに、神原の指が優しく絡んできた。

「ああっ、そんな、されたらっ…」

「前と後ろ、一緒が好きだろう？」

そんなことを言われても、きっと柏木も一番奥まで挿れてくるに違いないのだ。けれどその時、自分はどうなってしまうのだろう。

「おかしく…なるからっ」

「何度も言っているだろう、雛月君。おかしくなったっていいんだ。そういう君が可愛いんだから」

「そういうこと。ほら、もっと奥にいくからな……」

「ん、ああ、ああっ！」

容赦なく進んで来られて、腹の中が甘く痺れる。そして例の場所をこじ開けられた時、身体中が蜂蜜《はちみつ》にでもなったみたいに、どろどろと蕩けるような気がした。

「あぁ――…っ、ふあぁあ――…っ、～～っ、～～っ」

「はあ…、すげ、じゅぽじゅぽ吸いついてくる」

「雛月君、気持ちいい？」

神原に肉茎を撫で上げられながら、柏木に最奥を捏ね回され、安岐はもう頷くことしかできない。

「ひ、ア、はあっ…、ずっと、イって……っ、ああっ、なんで、こんなに…っ、んう、ううう――…っ」

びくんびくんと下腹を波打たせて達すると、強烈に締めつけられた柏木が呻《うめ》き声を漏らした。イってもまだ終わりではなく、また新たな絶頂に追い上げられる。

「奥、好きか…？」

「あ――っすきっ、す、き…っ、いぃい……っ」

「よしよし、俺も奥に出してやるから……っ」

柏木の動きが大胆《だいたん》になり、奥を突き上げるようにしてかき回された。耐えきれなくなった前が、先に神原の手の中に白蜜を吐き出す。

「あっ、あっ、あ――〜〜っ！」

「くっ…！」

腹の奥に熱いものを感じた。全身が浮き上がるような感覚に包まれた後、安岐は何もわからなくなった。

電車の規則正しい揺れが身体を包み込む。つり革《かわ》に捕まっていた安岐は、眉《まゆ》を顰《ひそ》めて自分の下腹にそっと手を当てた。電車の振動が、腹の奥にじわりとした感覚を呼び起こす。安岐は唇を嚙んでそれをやり過ごそうとした。

「——」

あの淫夢《いんむ》のような週末から三日。

彼らに奥の奥まで暴《あば》かれてしまった安岐の身体は、確実に変わってしまった。いや、変わったのは肉体だけではない。心までそれに引きずられようとしている。

（あんなの、もう怖い）

大きすぎる快感に理性を失った安岐は、箍《たが》が外《はず》れたようによがり、卑猥《ひわい》な言葉を垂れ流した。最後には自分からはしたなくねだっていたように思う。ほんの数ヶ月前には考えられなかった。

理性を取り戻した安岐が最初にしたことは、自分の連絡先から彼らの名前を消し、着信拒否《きょひ》をすることだった。ほとんどパニックになっていたように思うが、それは防衛本能《ぼうえいほんのう》が働いたためではないかと思う。

怖かったのは彼らではなく、あの時の自分だ。

（あれは確かに俺だった）

自分の中にあんな獣《けもの》がいたなんて思ってもみなかった。だからストーカーなんかに目をつけられたのではないだろうか。きっと、安岐の中のそういった部分を嗅《か》ぎつけてきたのだ。

突然、接触を断った安岐に、柏木と神原は部屋まで訪ねてきたが、安岐は絶対に応答しなかった。エントランスなどで会った時には、ダッシュで逃げた。

彼らが嫌いになったわけではない。むしろその逆だ。安岐は二人とも好きで、けれど二人とも欲しいと思っている自分の強欲さに戦《おのの》いていた。このままでは二人に呆《あき》れられる。今の安岐を占めているのは、羞恥と怯えだった。

（でも、いつまでもこのままじゃいられないよな）

どうしたらいいのだろう。

開き直って彼らとの関係を愉《たの》しむことにするには、安岐は経験不足だった。あんな男達を前に太刀《たち》打《う》ちできるはずがない。さりとていつまでも逃げ回れるとは思っていなかった。

それから二週間が経った時、彼らは安岐の前に現れることはなくなった。諦《あきら》めたのかもしれない。ポストの中にも、特にメッセージめいたものは入っていなかった。何を期待していたのだろう。胸の中にぽっかり穴が開いたようだった。自業自得でできたその穴を、安岐はどうすることもできない。

（ここ、売ったほうがいいのかな）

伯母《おば》から譲《ゆず》り受けた、いわゆる形見とも言える部屋だが、安岐には分不相応のように思える。ここを出てもう少し狭いマンションに引っ越したほうがいい。そのほうが身の丈《たけ》にあっている。

そんなことを思いながら、物件の情報をスマホで眺めながら帰り道を歩いた。

　エントランスから中に入ろうとした時、柱《はしら》の陰《かげ》に隠れていた人物が、突然近くに走り寄ってきた。ハッとして顔を上げた時、脇腹《わきばら》に何か尖《とが》ったものが押しつけられる。バタフライナイフだった。無機質な銀色の刃《は》が不気味《ぶきみ》に光っている。

「オートロック開けろ」

「――……」

　あのストーカーの男だった。長い間、姿を見なかったので、すっかり諦めたものだと思っていたのに。

「やっと一人になった。前はいつも邪魔《じゃま》くさい男がひっついていて、本当にイライラした」

「……何を」

「いいから早くしろよ。でないと本気で刺《さ》すからね」

　男の目は血走っていて、何をするかわからない。こんな時に限って他の住人は来ない。もちろん柏木と神原が来るはずもなかった。彼らは安岐が自ら遠ざけてしまったのだから。

　震える手でカードキーを取りだし、オートロックの扉を開ける。エレベーター前のそれも解除し、安岐は男を自分の部屋の前まで招き入れてしまった。

「へえ、ここが安岐の部屋か」

　男は馴《な》れ馴《な》れしく安岐の名前を呼ぶ。早く部屋の扉も開けろと脅《おど》され、渋々解錠《かいじょう》してドアを開けた。

「――――あっ！」

その瞬間突き飛ばされ、安岐は玄関に倒れ込んでしまう。男は素早く玄関をロックすると、懐《ふところ》からオモチャの手錠《てじょう》を取り出し、安岐の両手首にそれをかけた。

「やめろ！　何をする気だ！」

「さんざん気をもたせやがって……、知ってるんだからな。お前が淫乱《いんらん》ビッチだってことは」

男の言葉に安岐はぎくりとした。二人の男と淫らな行為に耽《ふけ》っていた自分は、確かにそうかもしれない。

「でももう、安岐は俺のものだよ。これからそうなるんだ」

「つっ！」

拘束《こうそく》された手首のあたりを乱暴に摑まれて、痛みに顔を歪《ゆが》めた。男は安岐を部屋の中に引きずり込むと、あたりのドアを適当に開けていく。寝室のドアを開けたところで、乱暴にその中に放り込まれた。強く押されてベッドの上に倒れ込む。

「やめろ。こんなことをしたら、ただじゃ済まなくなるぞ」

「へえ、どんなことになるのかな」

「警察《けいさつ》に通報する」

恐怖が込み上げてくるのを押し隠して毅然《きぜん》と対応した。ストーカー相手にはそうしたほうがいいとどこかで見たのだ。

「できるもんなら、したらいいよ」

だが男は安岐のスーツの前を開けると、シャツを力任せに引き裂《さ》いた。

「！」

ボタンが飛んで床に転がる。男はそのままズボンにも手をかけ、ベルトを外すと下着ごとそれを脱がせにかかった。

「よせ！　――――やめろ‼」

「安岐はこれから僕のお嫁さんになるんだ。これはそのための儀式だよ」

男の言うことに安岐はぞっとする。どうにか抵抗しようと足で男の腹を蹴《け》り飛ばしたが、起き上がる前に顔を殴《なぐ》られて、またベッドに沈《しず》められた。

「本当に切り刻《きざ》んでやろうか‼」

頰《ほお》のすぐ横にナイフを突き立てられる。それで動けなくなった安岐の下半身から衣服が剝《は》ぎ取られた。

「これが安岐のお××××かあ……」

「……っ」

安岐のものは恐怖に萎《な》えている。男は無遠慮《ぶえんりょ》にそれを摑むと、上下に扱《しご》き立てた。乱暴なばかりで快楽など微塵《みじん》もない。痛みばかりがそこにあった。

それと同時に、これから自分が何をされるのかも理解してぞっとする。男は自分を犯すつもりなのだ。

「やめろ、こんな…、こんなことしても何もならないぞ！」

「はあ？」

男は怪訝《けげん》そうな表情を浮かべて安岐を見下ろす。何を言っているんだ、と心底思っているような表情だった。

「何にもならないって、そんなことは関係ないよ。安岐は俺とセックスしたら、もう俺のものになるんだからね」

「……っ」

どうにかして逃げようとベッドの上を後ずさる。だが男に両脚を摑《つか》まれて引き戻されてしまった。

「うあっ！」

「恥ずかしいからって逃げなくていいよ」

男は自分のズボンの前を開く。その中から引きずり出したものはいきり勃っていた。身体を割り込ませて組み伏《ふ》せられ、その男根が安岐の太腿に当たる。ぞわり、と嫌悪《けんお》に鳥肌が立った。

「い、やだ、あっ！」

犯される。彼らに抱かれ、熱い快楽に包まれた同じベッドの上で。足をばたつかせると、頬に熱い衝撃《しょうげき》が走った。

「うるさいなあ！　静かにしろよ！」

頬を張られ、安岐の抵抗が止《や》んだところで、男は双丘に自身を押しあててきた。

「い、やだ……！」

こんな奴に犯されるなんて絶対に嫌だ。そう思っても、雄の欲望は無慈悲《むじひ》に突き立てられようとしている。

それは彼らとの行為で感じたような甘美なものではなかった。

「う、ううっ……！」

息が出来ない。吐きそうだ。安岐が苦悶《くもん》に顔を歪《ゆが》めているというのに、男の顔は逆に恍惚《こうこつ》としていった。

「ああ、気持ちいい、もうすぐ僕のものだからねっ、安岐っ」

――――誰が、お前のものなんかに。

そんなふうに言ってやろうとしたのに、ぐいぐいと体内に入り込もうとしてくる異物の苦痛に呻くことしかできない。

すると男はスマホを構え、安岐を撮影し出した。

「初めて繋がる瞬間を記念に撮ってあげる。顔もバッチリ映ってるからね。これネットに上げられたら、安岐は生きていけないね」

男に絶望的なことを言われ、安岐は思わず顔を背《そむ》けた。けれどスマホのレンズが顔の前まで

REC

追ってくる。

こうしてこの男に恥ずかしい姿を撮られ、ずっと脅《おびや》かされて生きていくんだろうか。嫌だ。そんな人生送りたくない。

（あの時は、そんなこと思わなかったのに）

安岐は自ら自慰《じい》の動画を撮り、彼らに送った。心から燃え上がり、興奮していた。けれど今は屈辱《くつじょく》と悲嘆《ひたん》しか感じない。

「はあ、はあ、安岐、今挿れて、いっぱい出してあげるからね。僕の精液で妊娠《にんしん》してよ」

「い、嫌だ、嫌だ出すな……っ！」

この男のもので身体の中を汚されたくはなかった。

屈辱と苦痛の中、安岐は必死になって抵抗しようとする。だが両腕を後ろで拘束され、のしかかられている状態ではそれも叶《かな》わない。

「ああ、入る、すぐ出すよっ、僕のものになれっ」

駄目だ、汚されてしまう――――。そう観念した安岐がきつく目を閉じた時だった。部屋の外から大きな物音が聞こえ、次の瞬間に寝室のドアが勢いよく開かれる。

「――――安岐！」

「雛月君！」

男の下で安岐は瞠目《どうもく》した。どうして彼らがここに。けれど安岐が呆然《ぼうぜん》としている間にも、男の身体は安岐から引き剝がされ、殴りつけられてしたたかに壁に背中を打ちつけた。バン！という大きな音と共に頭でも打ったのか、男はズルズルと崩《くず》れて動かなくなった。

「――大丈夫か?」

ソファに力なく座り込む安岐の両隣に、柏木と神原も腰を下ろす。気遣わしげに自分を見つめる彼らに、安岐は小さく笑って頷《うなず》いた。まだ手が震えている。その手の上に神原のあたたかい手が重なった。

「無理しなくていい」

「……」

あれからストーカー男を警察に突き出し、安岐はいろいろと事情を聞かれた。その中には暴行に関することも含《ふく》まれていたが、安岐は感情を殺して淡々《たんたん》と事実を述べた。不法侵入《ふほうしんにゅう》に脅迫《きょうはく》もしているし、男は何らかの罪《つみ》に問われるだろう。息の根を止めてやりたいという気持ちもなくはなかったが、どちらかと言えば、もうあの男のことを思い出したくないというのが本音《ほんね》だった。

「ごめんなさい」

安岐が唐突《とうとつ》に謝《あやま》ったので、彼らは虚《きょ》を突かれた顔をする。

「謝るな。迷惑《めいわく》とかじゃねえから」

「大和の言う通りだ。むしろ、来るのが遅くなって悪かった」

「そういうことじゃなくて」

彼らの言うことを、安岐は遮《さえぎ》った。

「無視して避けたりしてすみませんでした。俺、自分のことでいっぱいいっぱいで……。だから罰《ばち》が当たったのかもしれない」

「そういうことを言うものじゃないよ」

いつも穏やかな口調の神原に少し強く言われ、安岐は肩を竦《すく》めた。それを見ていた柏木がため息をつく。

「まあ、安岐が俺らから逃げ回っていた理由は、なんとなくわかってたからな。俺達はちょっと一気にやり過ぎたと思う。もう少し時間をかけて——なんつうか、やるべきだった」

後半を言いにくそうにする柏木が、いつもの彼の明朗《めいろう》な様子からはちょっと似合わなくて、安岐はくすりと笑いを漏らす。

「雛月君があまりに可愛くて覚えがいいものだから、俺達もついついのめり込むように夢中になっていた。急激にエスカレートしていることはわかってはいたけれど、止められなかったんだ」

「俺達の関係って何なんです？」

「え、つき合ってるだろ？」

そこで柏木がきょとんとして答えるので、安岐も困惑《こんわく》してしまった。

「いや、だって普通、つき合うって、こういうのじゃなくて……、もっと一対一とかで……」

「ああ、そこを気にするのか」

常識に囚《とら》われていなさそうな柏木よりも、知的で穏《おだ》やかな神原のほうがそんなことを言うので、安岐は少々驚く。「まあ、本音を言えば」と彼は語り出した。

「雛月君のことを独り占めしたいという気持ちがないわけじゃない。どちらかを選んでくれないかと君に聞こうかと思ったこともある。それは大和も同じだろう？」

「まあな」

「けど、そうなると間違いなく今の俺達の関係は変わってしまう。俺と大和との腐《くさ》れ縁《えん》にもヒビが入るかもしれない。俺は今が楽しいから、そういうのは気が進まない。だから、このままでいたいんだ」

「そういうことをさ、前にこいつと話したことがあるんだよ。だったらこのままでよくね？って。何もつき合うときはマンツーマンでなきゃいけないって、法律で決まってるわけでもないだろ」

「それは、そうだけど……」

「俺も安岐を独り占めしたい時がある。でもそれは違うんだ。まあ、時々こいつがいない時にでも二人っきりになれたらそれでいい」

「俺もそれでお願いしたい」

安岐は呆気《あっけ》にとられる。彼らが言っていることは、ある意味身勝手だった。だが、それで何が悪いのだという清々《すがすが》しさもある。

「じゃあ、俺はどちらかを選ばなくていいってことですか」

「いいよ」

「安岐は、俺達のこと好き？」

真っ直ぐに問われて、安岐の心臓がとくとくと高鳴った。

「好き……です」

陽気で破天荒《はてんこう》な柏木も、落ち着いていて柔らかな神原も、どちらも好きだった。

「離れたくない」

「俺達のことを避けていた理由はそれだけ？」

問われた安岐は、首を横に振った。

「あの、すごくびっくりして。そういう自分が受け止め切れなくて」

曖昧《あいまい》な言い方に彼らはよくわからないという顔をした。安岐もそうだった。けれど必死で伝える言葉を探そうとする。

「自分があの時、ああいうふうになるなんて思わなくて……。それで、引かれてるんじゃないかって思ったら、会えませんでした」

「……ああ」

ようやく合点がいったと、柏木が声を上げた。

「つまりエッチの最中の安岐がエロエロ過ぎて、俺らがドン引きしてるんじゃないかってこと?」

「そういう言い方……!」

だが、要はそういうことだ。安岐は真っ赤になって小さく頷く。

「それは思ってもみなかったな。むしろ俺達がしたことが嫌だったのではと思っていた」

神原の言葉に、安岐は、ぐっと詰まった。

「それは、多分ない…と思います。嫌では、なかったので……」

むしろ悦《よろこ》んでいた。それが問題だったのだが。

「ならよかった」

神原はにこりと微笑《ほほえ》んだ。

「ちなみに、俺達に抱かれている時の雛月君は、犯罪級《はんざいきゅう》に可愛いと思う。だから俺達も歯止めがきかなかった」

「ああ、言っとくけどこんなこと誰にでもしてるわけじゃねえからな? 俺達はとにかく安岐のことが好きだからエッチなことしたいの」

「どうしてそんなに?」

安岐は自分が特に魅力《みりょく》に秀でている存在だとは思わない。どこにでもいる、平凡《へいぼん》な存在だ。

だがそう言ったら柏木が、けらけらと笑い出した。

「お前、自己評価《じこひょうか》低すぎ!」

「鏡《かがみ》を見てごらん…と言っても、見ていてなお、そう思うのなら自覚がないのか」

「お前、顔面偏差値《がんめんへんさち》は普通に高いよ？　モテるだろ？」

「別にモテない」

「うっそだろ……」

「じゃあ、少し他人の好意に鈍感《どんかん》なタイプなのかもね」

思い返してみると、確かに学生時代、妙《みょう》に女の子達は安岐と二人きりになりたがった。だがそうなると何故《なぜ》かそわそわして物言いたげな素振《そぶ》りをする。その空気が嫌で、安岐はなるべくそういった状況《じょうきょう》にならないようにしていた。

「それは相手が気《き》の毒《どく》だったね」

神原にそんなことを言われて、安岐は憮然《ぶぜん》とする。鈍感だと言われて嬉しいはずがない。だが。

「だから、ああいう奴に付き纏《まと》われたりしたのかな……」

「まあそうだろうな。お前見てると、俺もおかしくなってる気、するもん」

「えっ」

まさか柏木にまで⁉　と思い、思わず泣きそうになった。

「雛月君には、危《あや》うい雰囲気《ふんいき》があるね。妙な色香《いろか》といってもいい。それはある種の人間を狂《くる》わせるのかもしれないな」

「お前が泣いたり恥ずかしがってるの見ると、ありえないくらい興奮する。他の女とかじゃこんなのなかった」

「もっと虐《いじ》めたいという気持ちになるよ」

会話の中に性的な匂《にお》いが混ざり始める。けれどもちっとも嫌だと思わなかった。

「俺も最近、自分で自分が変だと思うときがあるんです」

ずっと一人で悩んでいたことだ。初めて口に出す恥ずかしさに、顔が熱くなってくる。

「あの、してる時って…、すごい恥ずかしかったりするんですけど、それがよけい感じてしまうっていうか。興奮してくると、わけわかんなくなってしまって」

こんなことはひどい、と思っても、それをされている自分にまた昂《たか》ぶってしまう。

「こういうのっておかしい、ですかね……」

「おかしくはねえだろ」

「うん、おかしくはないね」

「そういうの、『才能ある』っていうんだよ」

「何の才能ですか⁉」

「それはもちろん、『愛される才能』さ」

そういうものだろうか。けれど彼らが言うのなら、そんな気がしてきた。丸め込まれているだろうか。

（でも、いいか）

それでもいい。柏木と神原、彼らといるのが心地いいのだと、正直な自分が言っている。

「じゃあ、俺ももう逃げません」

だから、と安岐は顔を上げて言った。

「――上書きしてもらえませんか？　あの男に触れられたままなのが、嫌で」

自分がこんな大胆《だいたん》なことを、素面《しらふ》で言えるのが不思議《ふしぎ》だった。

「でも、嫌なら、いいですけど……」

それでも彼らが応えてくれるかどうかは自信がない。変な男に触れられた安岐を抱くのが嫌だと言うかもしれない。どちらになるかはわからなかった。

安岐は視線を落として沙汰《さた》を待つ。それほど時間はかからなかった。二人の手が頭と、肩におかれる。

「もちろんだよ。ちゃんと上書きしてあげる」

「一緒に風呂に入ろうか。洗ってやるよ」

「――……」

ほう、と安堵《あんど》の吐息が漏れる。

それから彼らに抱えられて浴室まで運ばれる最中、安岐の足取りは夢を見るようにふわふわとしていた。

「……ん、ん…っ」

舌の絡まる音がくちゅくちゅと浴室に響く。安岐は二人の男に挟まれ、泡《あわ》だらけになって身体を洗われていた。ボディソープの甘い香りが広がっている。

「ほら、もっと舌出して…」

「ぁ…んっ」

言う通りに舌を突き出すと、それは柏木の口の中に、ちゅるんっと吸い込まれた。敏感《びんかん》な口《こう》腔《こう》をくちゅくちゅと舐め回されて背中が震えてしまう。

耳の中には神原の舌先が差し込まれ、やはり感じやすい小さな孔を犯されていた。頭蓋《とうがい》に直接響くような濡れた音が、安岐を昂ぶらせる。

身体中を這《は》う四本の腕。ソープでぬめった肌をじっくりと愛撫され、すでに快感で支配されている。

「はぁ…あ」

両膝から力が抜けてガクガクしていた。もう、ろくに立っていられない。

「もうクタクタになっちゃったかな？　もう少しがんばって」

神原の優しい声が耳の中に注《そそ》がれる。背中がぞくぞくして、安岐は小さな声を上げた。胸の上の小さな突起を指先で転がされる。身体が、じんっと疼いて喉を反らせた。

「んう、あ…あっ」

「気持ちいい？」

安岐はこくこくと頷く。指先は乳首を摘《つ》まんで、こりこりと揉《も》みしだいていた。

「きもち、いい…っ」

「じゃあ、もっと気持ちいいことしてやらねえとな」

柏木の手が背中を伝って降りていく。尻を撫で回し、指先はその狭間《はざま》へと忍んでいった。

「あっ」

そこは数時間前に、違う男に陵辱《りょうじょく》された場所だ。思わず身体を強張《こわば》らせる安岐に彼らは口づけ、頭を撫でて、大丈夫だと宥《なだ》めてくれた。柏木の指がその場所をそっと撫でていく。優しく労《いたわ》るように、何度も何度も。

「無理はしねえから、力抜け……。痛くはねえだろ？」

「ん、あ…っ、へい、き、ア、かん、じる…っ」

腹の奥から熱が込み上げてきた。頭の中がぼうっとする。安岐の顔に喜悦《きえつ》の色が浮かんだ。

「可愛い顔してるよ。いい子だ」

安岐を前から抱きしめている神原に口づけられる。上顎《うわあご》の裏側を舐められ、たまらない刺激に鼻にかかった声を上げた。

「ん、ふう…っんん、んっ」

「指入れるぞ」

柏木の長い指が、慎重《しんちょう》に安岐の肉環をこじ開けていく。途端に、ぞくぞくっという波が背中を這い上がっていった。

「んあ、あはあ…っ」

いい。たった指一本なのに、優しく中を撫でられる刺激が身悶えしてしまいそうだった。あの男に強引に捻じ込まれた時は、苦痛と嫌悪しか感じなかったのに。そしてそうなると欲張りな身体はもっと欲しくなる。おかしくなってもいいと言われた。それを信じて、欲しがってしまってもいいだろうか。

「んん…あ」

安岐は前にいる神原の手をとり、おずおずと自分の身体の下に持っていった。それに気づいた神原は小さな笑みを浮かべる。

「こっちも触って欲しい？」

「うんっ…、ん、あ、あっ」

とっくに反応してそそり勃っていたものを握られ、巧みに指を這わせられた。前と後ろを同時にされると、背中が仰け反ってヒクヒクと震えてしまう。

「安岐の中、すげえ熱くて、俺の指一生懸命《いっしょうけんめい》締めつけてる。いやらしくて可愛いな」

「あ、ああ……っ、言わないで…っ」

安岐は前と後ろで動く指にあやしく身をくねらせた。中の壁を撫でられ、弱い場所を押し潰すようにされる。前も根元から強弱をつけて扱かれ、時折《ときおり》先端をくるくるとくすぐられた。

「っ、あっ、あっ」

意識がぼうっとしてくる。気持ちいい。

「も、も…う…っ、い、いく……っ」

「イく？　いいよ。今日もいっぱいイかせてあげるからね」

今夜も、あの息の止まるような快感を味わうことができる。彼らが愛してくれる。そう思うだけで、安岐は身体の芯から燃え上がるような悦びを感じた。ストーカー男に乱暴されたことなど、記憶の彼方《かなた》へ忘却《ぼうきゃく》してしまえる。

「ああ…っ、んっ、ん…っ、んあぁぁあ」

巧《たく》みな指戯《しぎ》に追い上げられ、安岐は男達に挟まれた身体を仰け反るようにして震わせた。神原の手の中で白蜜が弾ける。両手は前にいる神原に縋《すが》りつき、後頭部を柏木の肩口に押しつけて、快楽の悲鳴を上げた。

「あっ、あーっ、あ……っ！」

深く蕩けるような絶頂だった。両脚からすべて力が抜けてしまい、がくん、と身体が崩れると、二人の逞しい腕に抱えられる。

「続きはベッドだな」

「洗い流そうか」

神原がシャワーを出して、床に座り込んだ安岐の身体についた泡を流してくれた。温かい湯が肌を流れていくのが心地よい。だがその湯勢が脚の間に及《およ》んだ時、安岐の肢体がビクン、と跳《は》ねた。

「あ、あっ！」

「ここは俺達が舐めたりするから、よく洗い流さないと」

神原が操《あやつ》る無数の湯の矢《や》が、達したばかりの安岐の肉茎を容赦なく刺激する。その異様な快感に思わず足を閉じようとすると、背後から柏木が両膝を捕らえて大きく開かせた。

「ふあ、ああっ！　そ、それっ…、だめっ、あっ！」

「ダーメ。我慢してな」

「雛月君、今イったばかりなのに、元気に勃ち上がってきたよ」

神原は微妙《びみょう》に角度を変えて、安岐の股間をシャワーで責めてくる。断続的な刺激に、安岐はびくびくと全身を震わせていた。異様な快感に足の指が、ぎゅうっと内側に丸まる。

「は、ひいっ！　あっあっ、こ、これだめっ、気持ちよくなるっ」

押さえつけてくる柏木の腕にしがみつきながら、安岐は駄目になる、変になると繰り返した。

鋭敏《えいびん》な粘膜を無慈悲に湯で叩《たた》かれ、撫でられて、腰の奥からまた熱い波が込み上げてくる。

「構わねえから、うんとスケベになっちまえよ。あんな奴にされたことなんか忘れるくらい気持ちよくしてやるから」

「ああ、雛月君のがビクビクしてきたよ。きっともうすぐイってしまうんだろうね。後ろも可愛くヒクついている」

卑猥な言葉が安岐を追い上げた。意識が焦《こ》げつくほどに興奮している。こんなにいやらしいことをされている。

「んあぁああ、ああ――――っ」

身体を激しく波打たせ、イく、イく、と啜《すす》り泣きながら、安岐は湯の責めで達するのだった。


ぐったりした身体と髪を乾《かわ》いたタオルで丁寧《ていねい》に拭《ふ》かれ、抱き上げられて、安岐は寝室のベッドに横たえられる。

「これからが本番だからな」

「雛月君が、嫌だと泣いても可愛がってあげるよ」

身体は激しすぎる余韻《よいん》でジンジンと疼いている。淫らな予告をされて、腹の奥がきゅうんと引き絞《しぼ》られるように収縮した。安岐は横向きにされ、片方の脚を柏木に高く持ち上げられる。

「ああ…」

内腿を押さえつけられ、露わになった後孔にローションをたっぷりと垂らされた。

「もう、だいぶ柔らかくなってるな」

「う、うっ」

指を二本挿入され、中を押し広げるようにしてまさぐられる。快楽を知った媚肉がきゅうきゅうと悶え、柏木の指を締めつけた。

「あ、ぁあ…うう……っ」

「お前、前のほうも触ってやれよ」

「そうだな」

神原の手にまた肉茎を包まれ、揉みしだかれながら扱かれて、下半身を快楽で占拠《せんきょ》されてしまう。前方にもローションを足され、耳を覆《おお》いたくなるような卑猥な音が部屋に響いた。

「んあ、は、ああ…っ！」

「ほら、後ろを弄《いじ》られながら裏筋を擦られると、たまらないんだろう？」

「んっ、あっ、んん――っ！」

中を穿《うが》たれながら肉茎の裏側を扱かれると、腰から熔けてしまいそうな感覚に襲われた。安岐は柏木の指を締めつけ、淫らに腰を揺らす。

「あ、い、いい……っ」

「じゃあ、もう一本な」

「くぅぅう――……っ」

指を三本に増やされ、腹の奥が甘く痺れる。指ではなく、ここにもっと熱いものが欲しかった。だが我慢のきかない身体は、指で追いつめられていく。

「あ、い…イく、指でイくう……っ」

「前と後ろ、どっちでイく?」

「わ、わかんなっ…、あっ、一緒にっ、一緒にイくっ、――~~っ!」

安岐は背を反らし、持ち上げられた脚をわなわなと震わせて極めた。神原の手の中に白蜜を吐き出す。

「一緒にイけたんだ。えらいね」

髪を撫でられ、褒められて嬉しいと思った。もっと上手になりたい。彼らの望むことを全部して欲しい。

「おいで」

柏木に抱き上げられ、向かい合って彼の膝の上に乗る。その股間のものは悠々《ゆうゆう》と天を仰《あお》いでいた。それを目にして、ひくり、と喉が上下する。

「自分で挿《い》れられるか?」

「う、ん…っ」

たった今達したばかりの後孔の入り口に柏木の男根を押し当てた。彼の熱を感じると、どうにも我慢できなくなって、ゆっくりと腰を落としていく。ぐぷ、と音がして太い先端を呑《の》み込んだ。

「あ、は、ア」

そこからじわじわと快感が広がっていく。もっと奥に欲しくて、安岐は自重に任せた。充分に蕩かされた肉洞はずるずると男根を咥え込み、背筋にぞくぞくと愉悦《ゆえつ》が走る。

「あっ、はいっ、て…っ、んあっ、あんんっ」

「あー…、すげ。包まれる感じ、たまんねえ……」

柏木が安岐のことを褒めてくれた。求められるのが嬉しい。彼の手が腰を掴み、下から、ずうんっと突き上げてくる。

「あひぃぃっ」

その一突きで達したような気がした。だが柏木はお構いなしに抽送《ちゅうそう》を続ける。痙攣する肉洞を容赦なく責められて、安岐は悲鳴じみた嬌声《きょうせい》を上げた。

「あっ、あっ、あ――っあっ！」

腰から脳天まで突き抜けるような快感が貫く。内腿がブルブルとわななき、肉茎はまた硬くそそり勃った。

「その感じだと大丈夫そうだね」

その時だった。悶える安岐の様子を背後から見ていた神原の手が、そっと安岐の腰に添えられる。

「めちゃめちゃビクビクいってるし、いけると思うぜ」

「わかった。試してみる」

柏木と神原は何か会話をした後、柏木が入っている繋ぎ目に、別の男根が押しつけられた。

「え、え…っ？」

だからと言って柏木が出て行く様子はない。安岐が戸惑っていると、神原の男根が同じ場所に、ぐぐっと潜《もぐ》り込んできた。

「うあっあっ⁉」

まさか、と安岐は瞠目する。この場所に、二人同時に？

「や、やめ…っ、無理、むりだから……っ」

「大丈夫、挿入《はい》っていってるよ……」

絶対に無理だ、挿入らないと思っていたのに、安岐の身体は意思を裏切って確実に咥え込んでいった。同時に凄《すさ》まじい快感が湧き上がり、安岐は意識がぱちぱちと弾けるような法悦を、ただ受け入れさせられる。

「は、ひ……っ、あ、ア、んあぁあアあ……っ！」

「はいっ…た」

どちらの声かわからないが、そんなふうに聞こえた後、二本の男根は安岐の体内でゆっくりと動き出した。互《たが》い違《ちが》いにずちゅずちゅと蠢《うごめ》くそれは、安岐に死ぬほどの快楽をもたらしていく。

「あっ、うあぁっ、や、あ、これ、イく、イくの、止まらな……っ！　ふあぁあっ」

安岐は為《な》す術《すべ》もなく二本の男根に穿たれ、突き上げられ、揺らされるしかなかった。どちらかが奥に来る度に絶頂が訪れ、いっぱいに押し広げられた肉洞が哀《あわ》れなほどに痙攣する。

「すごい、すごいね、雛月君……！」

背後から神原の高揚《こうよう》したような声が聞こえる。

「この中、うねうねとうねって、素晴らしく気持ちがいいよ」

「はあっ、あっ、んあぁん……っ」

安岐は何も答えられなかった。ただ涙と汗と唾液で顔をぐちゃぐちゃに濡らし、正気を失ったように喘ぎ続けている。

限界を越えた快感は苦しいはずなのに、それを上回る多幸感《たこうかん》に包まれている。

「俺達、お前のこと離さねえからな」

柏木が息を荒《あら》げながら囁いた。

「ストーカー男なんかより、俺達のほうが執念《しゅうねん》深いかもな……っ」

それでもいい。ずっとこの男達と一緒にいたい。

誰に眉を顰められてもいいから、この不道徳《ふどうとく》な快楽と悦びに溺《おぼ》れていたい。

「あんんっ、あぁぁ――――～～っ」

身体をもみくちゃにされるような悦楽の中で、安岐は悲鳴を上げながら、指先まで包む浮遊《ふゆう》感《かん》に身を委《ゆだ》ねた。

リビングのソファに座ってテレビを見ていると、スマホの画面がポコン、と通知音を立てる。確認すると、共有しているSNSのグループ画面が開かれた。

『今起きた。メシ食いに行こうぜ』

柏木からのメッセージだった。安岐は小さく微笑んで文字を入力する。

『いいですよ。神原さんは？』

するとややあって返信があった。

『そろそろ休憩しようと思ってた。俺も行く』

『どこにします？』

すると柏木から、肉のスタンプが送られてくる。

『そういうと思った。いつものところか？』

『OK』

『俺もそこで大丈夫です』

『じゃあ三十分後に下で』

そこで会話は終わった。安岐はテレビを消し、上着を羽織《はお》る。時間を見計らってホールに降りると、神原が待っていた。

「お待たせしました」

「元気だった？」

「はい」

彼らの仕事が忙《いそが》しかったので、二週間ほど会えていない。柏木の仕事がようやく終わったので、今夜は久しぶりの逢瀬《おうせ》だった。

「おまたせ！」

エレベーターホールから柏木が走ってくる。寝起きの髪はいつもより更《さら》に癖《くせ》がついていた。

「会いたかったぞー安岐！」

「わっ」

背後から抱きつかれて、安岐は思わず驚いた声を上げる。

「大和さん、こんなところで……！」

「恥ずかしがるとよけいに変に思われるぞ。ふざけてるようにしか見えねえって」

あたりには数人の住人が歩いていたが、誰もこちらに注意を向ける者はなく、また、微笑ましそうに小さな笑みを浮かべて通り過ぎていく者しかいなかった。柏木の言う通りなのかもしれない。けれど安岐はまだ慣れなかった。やはり意識してしまう。

「雛月君は、そういうところが可愛いな」

神原がさりげなく頭を撫でた。

エントランスを出て、いつものバルへと向かう。途中で神原が連絡を入れてくれたらしく、着くとすぐに個室に通された。各々が好き勝手に食べたいものを注文し、運ばれてきたドリンクで乾杯《かんぱい》する。

「今日終わったお仕事って何なんですか」

「ん？　今回のは仕事じゃないよ。イベント用の新刊」

「ああ……」

「いつものエロ漫画だろう」

「エロ漫画を馬鹿にすんなよ、お前」

「してないよ。萌《も》え漫画は俺の趣味じゃないだけだ」

「あー、お前、劇画調《げきがちょう》の昔っぽいやつ好きだもんな。まああれはあれでエロいけどよ……」

安岐にはよくわからない世界の会話が繰り広げられる。安岐は柏木の『趣味のほう』の漫画を見せてもらったことがあったが、何というか、すごかった。巨乳の女の子があの手この手でいやらしい目に遭《あ》わされる。それが彼の高い画力で描《えが》かれているのだから、買い求める人は多いだろう。

「――そういや、あの男は？」

ふと柏木に水を向けられ、安岐はため息をついた。気の重い話だ。

「結局、すぐ出てきたみたいです」

例のストーカー男は逮捕《たいほ》されたはいいが、男の親戚《しんせき》に有力者がいたらしく、罪《つみ》をかなり減刑《げんけい》されてしまった。そのため壁の向こうに送り込めたはいいが、数ヶ月で出てきてしまったらしい。安岐の心配事は、その後、男がまたこちらに来るのではないかということだ。

「なんだそれ。ムカつく」

「社会の汚さに対しては、何もできませんね」

なるべく気にしていないよう、軽い調子に聞こえるように言う。彼らにあまり心配はかけたくなかった。そうでなかったら、忙しい彼らにまた駅まで迎えに来させることになってしまう。

「防犯用のブザーでも持つことにします」

「甘い甘い。スタンガンにしとけ。俺がすげえの買ってやるから」

「そんなの、逆に死んでしまったらどうするんですか」

「別にいいだろ、そんな奴」

「嫌です。本当に死んだら寝覚めが悪い」

柏木とそんな言い合いをしている途中、神原のスマホが音を立てた。それを確認した彼の口元に、おかしそうな笑みが浮かぶ。

「雛月君、その件に関しては多分、大丈夫だと思うよ」

「……え?」

神原のスマホでは動画ファイルが再生されているようだ。

「あ?　なんだよそれ」

柏木がそれを覗《のぞ》き込んだ。だがその顔がすぐに顰められる。

「うわ、汚えもん見せんな」

「大和が勝手に見たんだろうが」

「神原さん、それ……」

「芸能界っていうのは怖いところだね」

彼はファイルを閉じながらそう言った。

「前に付き合いのあった女優の子に相談したら、口を利《き》いてくれたんだよ。これでもうあの男は雛月君の前に現れないよ。何せ顔もバッチリ映ってるし、これをバラまかれたら大変だからね」

つまり、神原は『怖いところ』へ、男への制裁《せいさい》を依頼し、逆に脅迫《きょうはく》したということらしい。

それを聞いた柏木はおかしそうに笑っていた。

「何が映ってるんですか？」

「安岐は知らなくていいよ。飯時に見るもんじゃねえ」

柏木と神原の言い分から、なんとなく動画の内容が想像できた。

「いいのかな」

「いいに決まってる。君に乱暴《らんぼう》を働いた男だ」

しれっと答える神原は、さも当然という顔をしていた。

安岐は抵抗がないと言えば嘘になる。だが今後の脅威《きょうい》がなくなったというのは正直助かった。

「そう言えば、ストーカーに襲われたって、どうしてわかったんですか?」

そう言うと、彼らはばつが悪そうに顔を見合わせた。柏木が申し訳なさそうに白状《はくじょう》する。

「悪い。玄関のとこに小型カメラとマイク仕込ませてもらってた」

「ストーカー被害に遭ってたっていうから……心配だったんだ」

男が安岐の部屋に押し入るところを、神原がパソコンで見ていて、柏木に連絡したらしい。

すぐに外すよ、と彼らは言った。

(とんでもない人達とつき合っているのかもしれない)

これからも戸惑《とまど》ったり、驚かされたりするのだろう。

(けど、それでも)

一緒にいたい。それだけは強く思っていて、安岐は少しの後ろめたい気持ちを誤魔化《ごまか》すように、酒を口に運んだ。

あとがき

こんにちは。西野花《にしのはな》です。「蜜言弄《みつごといじ》め～小説家《しょうせつか》と漫画家《まんがか》に言葉責めされています～」を読んでいただきありがとうございました。

今回もタイトルで難航しまして…。私のタイトルセンスのなさよ…。小説家は毎回、自分の書いた小説にどんな絵がつくのか楽しみにしているのですが、今回もやはり楽しみにしております！ イラストの奈良千春《ならちはる》先生、どうもありがとうございました。

今年はちょっと入院とかしたりしまして（二週間ほどですが）スケジュールがまたしても押してしまい、今必死で立て直しているのですが、オタクは入院に向いていると思いました。

電子書籍の入ったタブレットやらゲーム機、もちろんノートPCまで持ち込みましたから退屈していることはないです。仕事もしてましたしね…。ワイファイも持っていったので映画も観られました。健康には気をつけましょう。

それではまた次の本でお会いできましたら。

西野　花

【Twitter ID　hana_nishino】

Lovers Label

蜜言弄め
〜小説家と漫画家に言葉責めされています〜

ラヴァーズ文庫をお買い上げいただき
ありがとうございます。
この作品を読んでのご意見・ご感想を
お聞かせください。
あて先は下記の通りです。

〒102−0075
東京都千代田区三番町8-1
三番町東急ビル6F
(株)竹書房　ラヴァーズ文庫編集部
西野 花先生係
奈良千春先生係

2021年12月6日
初版第1刷発行

●著　者
西野 花 ©HANA NISHINO
●イラスト
奈良千春 ©CHIHARU NARA

●発行者　後藤明信
●発行所　株式会社　竹書房
〒102−0075
東京都千代田区三番町8-1 三番町東急ビル6F
代表 email： info@takeshobo.co.jp
編集部 email： lovers-b@takeshobo.co.jp
●ホームページ
http://bl.takeshobo.co.jp/

●印刷所　中央精版印刷株式会社